JN134554

暗殺日和はタロットで

Tarot for the Assassin

Shunju Furukawa
古川春秋

講談社

暗殺日和はタロットで

装画　丹地陽子

装幀　大岡喜直（next door design）

第1章

1

「ほら、青」

母に急かされ急発進する。ルームミラーにぶら下げた交通安全のお守りが揺れた。

「おっと」

思わず声が出る。目の前の横断歩道を、後ろに子供を乗せたママチャリが颯爽（さっそう）と駆け抜けた。

「ちゃんと前見なさい」

「見てるって」

星子真琴（ほしこまこと）は前傾姿勢になりながら左右を見渡す。ハンドルを握る手が汗ばんでいる。

「だったらなんで気づかないのよ」

「ちょっと考え事してたの」

「ペーパードライバーがよく運転中に考え事なんてできるわね。運転中は運転に集中しなさい。前見て、サイドミラーとルームミラーこまめにチェックして、次の行動に備えて……」

「あー、もう。うっるさいなぁ」

「何よその言い方」

大きな交差点に差し掛かった。ナビを見ている余裕はない。

「次は右、だよね」

答えが返ってこない。

「おかあさん」

「うるさいんじゃなかったの？」

「おかあさん！」

母は吹き出したあと、「右でいいわよ」と答えた。「次が右で、三つ目の信号を左、それからはしばらく真っ直ぐ」

「それ、あとでもう一回言って」

何か別のことをしてた方が、緊張しなくていいんじゃない？

そう言われ、母に代わってハンドルを握ったのが間違いだった。

確かに、コンクールに出場する緊張感は薄れた。だが、新たに路上で運転する緊張感が生まれた。よくよく考えたら、三年前に免許を取ってから初めての運転だ。緊張しない方がおかしい。

「もう代わろっか？　あのコンビニの前、停められるでしょ」

「いい」

「真琴」

「いいったらいい」

「頑固なんだから」

「誰の娘だと思ってるの」

正面を向いたまま言うと、母が鼻で笑う声が聞こえた。

「本当に私の娘なのかね、あなたは」

母がしんみりとした口調で言う。

「どういうこと？」

「私の娘がピアニストだなんて、いまだに信じられないんだけど」

そう言って、洟（はな）をすする。

「ちょっと、やめてよ。なんで泣くのよ」

「だって」

母のすすり泣きが止まらない。

「そういうのはさ、コンクールで優勝してからにしてよ」

「あら、優勝する気なの？」

答えに窮していると、母が鼻息を荒くする。

「そこは即答しないと」

「うっるさいなぁ。軽々しく言えないでしょ、そういうことは」

「一次の演奏は評判よかったんじゃないの？　京極（きょうごく）先生も褒めてたわよ」

「え？　本当？」

「何よ、聞いてないの？」

「通過できたのは周りのレベルが低かったからだって、怒られたばっかりなんですけど」

「まあ、あの先生が素直に褒めるわけないか」

喜寿を超えたばかりの、小難しい顔をした老人の顔が脳裏に浮かんだ。

「私、褒めて伸びるタイプだと思うんだけどなぁ」

「違うわよ、あなたは褒められたらそこで満足しちゃうタイプ。京極先生はそれをちゃんとわかって言ってるのよ。だってほら、あの子がいるでしょう」

あの子。

その言葉だけで、黒く光るグランドピアノと格闘する一人の女性の姿が浮かぶ。一ノ瀬梨々香。生年月日がまるっきりいっしょの、同い年のピアニスト。真琴とは幾度となくコンクールでしのぎを削った仲だ。

今回の世田谷国際ピアノコンクールにも彼女はエントリーしている。一次予選の演奏を聴いたが、鳥肌が立つほどうまかった。同じ課題曲を、こんなアプローチがあったのかと感心せざるを得ないほど緻密な構成で弾き終えた。あのときの感動はまだ耳と心に残っている。悔しい反面、ピアノという楽器の可能性を感じてワクワクもする。

「真琴、前！」

母の言葉で我に返る。ブレーキを踏み、前につんのめる。また大きくお守りが揺れた。

「結局、車の運転くらいじゃ無理ね」

母はこの日一番の大きなため息を吐いた。ぐうの音も出ない。

そのまましばらく、運転に集中した。道なりに走っているといつの間にか交通量が少なくなり、小さな音量でカーステレオから流れる『幻想ポロネーズ』に気づくくらいの余裕は生まれた。

とはいえ、「ちゃんと前見なさい」「ウインカー出すのが遅い」「左に寄りすぎだから」と、母のマシンガンのような注意は止まらない。嫌気がさした真琴は母の口を止める方法はないかと思案する。――そうだ。

「おとうさんとはどうやって知り合ったの？」

「何よ、いきなり」

「私も年頃だからさ。参考にしようと思って」

「そうそう。あんたもいい歳なんだから、彼氏の一人や二人……」

「私のことはいいの。おかあさんの話」

「イヤよ」母は即答する。

「そう言わずに。私の緊張をほぐすためだと思って」

「えー」

そう言いながらも母はしばらく考え込んだあと、「大学で、いきなり声かけられた」と呟（つぶや）いた。

「一年目の、夏休み前だったかしら。これから試験を受ける講義の教室の前で」

「なんて？」

「『今、お時間ありますか？』って。いや、私これから試験なんですけどって返したら、『じゃあ僕も』って。そのまま、その講義受けてないのに試験だけ受けて」

「なにそれ」

「あとで聞いたらおとうさん、満点だったって。まあ受講してないから意味なかったんだけど」

車内に笑い声が響く。

「で？」

「で、夏休みに入ってから、ちょくちょく会うようになって。それから、かな」

「相性、よかったんだね」

「それがそうでもないのよ。卒業するかしないかのときに、ちょっと有名な占い師にみてもらったことがあったの。そしたらその占い師に、『相性が最悪。絶対に苦労するから、今のうちに別れた方がいい』って言われて」

「なんで別れなかったの？」

「よく当たるんだか知らないけど、占いで悪い結果が出たくらいで諦められるんなら、それは本物の恋じゃないわ。ほんの数分みただけで、私たちの何がわかるっていうのよ」

母が熱く語る。だが急に我に返ったのか、頬を赤らめて口をつぐんだ。

「プロポーズの言葉って、どんなだった？」

いつの間にか肩の力は抜けていた。親子といえど、恋愛話は緊張から程遠いところにある。

「そこから先は聖域」

「えー、なんでよ」

「なんであんたに教えなきゃいけないのよ」

「いいじゃない、それくらい。減るもんじゃないでしょ」

唇を尖らせると、母が真顔になる。

「わかってないわね。そういうのは、人に話すと」

2

記憶はそこで途切れている。

代わりに目の前に現れたのは、青い空と蒼（あお）い海だ。

真琴は砂浜に座り、波打ち際で足を伸ばしている。うだるような暑さを肌で感じながら、手で庇（ひさし）を作り、上空の太陽を見上げた。真琴は立ち上がると水中眼鏡をはめ、海に潜る。透明度が高く、まるで空の上を浮かんでいるような、そんな感覚に陥った。海底の白い砂に太陽の光が射す。色鮮やかな珊瑚（さんご）と魚たちの群れ。手を伸ばすも魚たちは逃げず、その指先をつつく。健康的で適度な太さの指と腕。まるで、自分のものではない感覚に陥る。

そういえば、コンクールはどうなったんだっけ？

記憶を辿（たど）るうちに、胸が苦しくなる。頭も痛い。一度海面に出ようと思ったがやめた。息自体はまだまだ続く。気を取りなおし、さらに海底へ。浮力に逆らい、海の底の方、底の方へと潜る。すぐに着くかと思ったが、想像よりも遥（はる）かに深い。だが真琴の呼吸も予想以上に持続した。そのうちに胸の苦しみも頭痛もなくなり、体が軽くなる。いくらでも、どこまでも潜っていける気がした。

不意に周囲に影が差した。見上げると海の上の太陽が隠れ、海中が闇（やみ）に沈む。上下左右の感覚がなくなる。呼吸が乱れ、口と鼻に海水が溢（あふ）れた。ジタバタともがく。だが、体は全く動かない。口を開けると、一瞬で全てが黒に染まった。

それから、気がつくと今度は淡い光をまぶたに感じた。

だが一瞬でその感覚はなくなる。

＊

＊

次に感じたのは、真琴の名を呼ぶ声だ。

遠くの方から、微かに、だが確実に、真琴の鼓膜が揺さぶられるのがわかる。

声の主はわかっている。父だ。

だが返事をしようにも、声が出ない。いや、声どころか、体が動かない。

指先に神経を集中させるが、体の感覚という感覚がまるで無くなっていた。あるとすれば、海の上に浮かんでいるような浮遊感だ。ただ、以前感じたような心地よさはない。胸の上に、ずっしりとした倦怠感がある。視覚は淡い光を微かに感じていた。まばたきをしているのが感覚的にわかる。

「真琴」

まばたきに合わせ、今にも泣き出しそうな父の声が耳に入る。

右手側に白い人影が二つと、左手側に濃紺の影がひとつ。

まばたきを繰り返す。徐々に視界がクリアになる。白い影は、白衣を着た医師と看護師だった。その反対側には濃紺のトレーナーを着た、痩せた中年男性がいた。

「真琴」

声でそれが父だとわかった。頰がこけた父は涙を流しながら、真琴の左手を両手で優しく包み込む。

「よかった。ほ、本当に……」

父は真琴の手を握ったまま両手を額につけ、祈るような姿勢で何度もそう呟いた。黒々としていたはずの父の頭髪は白髪だらけで、少し後退していた。指も異常なまでに白く細い。

――いや。この指は。

真琴の指だ。

体が重い。父の手を握り返そうと力をいれてみるも、左手は動かない。ピクリともしない。そもそも、父に手を握られている感覚がない。視界がまた滲んだ。頰を伝う涙の温かさは、かろうじて感じることができた。

おとうさん。

そう言葉にしたつもりが、うまく声にならない。口もろくに動かない。そこで初めて、自分の口元に透明の管が入っていることに気づく。

背の高い男が勢いよく病室に入ってきた。

「後藤」

姿を現した白衣の男に、父が声をかけた。後藤と呼ばれた男は、真琴の周囲にある計器をひとつひとつ丁寧に確認したあと、真琴の顔に手を伸ばした。逃げようにも、体の自由が全く利かないので、されるがままだ。後藤は真琴の瞳孔、管を外して口内、首筋、心音、手首を素早く診たあと、父に向かってゆっくりと頷いた。

「ひとまず問題はなさそうだ。それにしても、これはもう、奇跡としか言いようがないな」

洟をすする音が耳に入る。父が嗚咽をもらした。左手に温もりを感じ始める。頭の中で、指先に力をいれるイメージをすると、微かに指が動いた。父が反射的に顔を上げ、口を開けたまま真琴を見つめる。

「今、動いたぞ」

父の言葉に、後藤はゆっくりと頷く。

「当たり前だ。生きてるんだからな。さぁ、これからリハビリが大変だぞ」

後藤に肩を強く叩かれた父はよろめき、涙を拭いながら不器用な笑顔を向けた。

リハビリ？

誰の？

状況が把握できていない。

何があった？

思い出そうとすると、ひどく頭が痛んだ。

そのまま、また意識を失った。

＊

「真琴」

声が聞こえた。

目を開くと、父の顔がくっきりと見えた。いつかと同じ、白髪だらけの痩せた父だ。

「おとうさん」

今度は、はっきりと言えた。父がまた真琴の左手を掴む。握り返そうと念じると、指先が動いた。白く細長い指はやはり、真琴自身のものだ。指先を顔に近づけてみる。だが、途中でやめた。思いのほか腕が重いのと、別人のように細くなった指先を間近で見るのが怖かった。

「無理しなくていい。ゆっくり、ゆっくりでいいから」

父が真琴の手の甲から二の腕までを、優しくさする。触れられているのに、その感覚は希薄だ。

「――私」

聞くのが怖い。だが、聞かずにはいられなかった。呼吸を整え、父の顔を見つめる。

「――私、どうしちゃったの？」

父は額に落ちた白髪を指先であげると、しっかりと真琴の目を見つめ返した。

「事故に遭ったんだ。コンクール会場に、向かう途中で」

その言葉で、様々な場面が一瞬で脳裏に蘇った。

ハンドルを持つ真琴。対向車線から迫ってくるトラック。そして――。

「おかあ、さんは？」

頭に浮かんだ映像を閉じ込めた。目を閉じて父の言葉を待つ。だがいくら待っても、父の声は聞こえてこない。おそるおそる目を開く。父は真琴から顔を背け、肩を震わせていた。

映像が、音を伴って溢れ出す。

耳につく、空気が抜ける音。割れたフロントガラスに、直径二センチほどの鉄筋の棒が何本も刺さっていた。ガラスの奥には、フロント部分が大破した青いトラックが見える。熱を伴う猛烈な痛み。見ると、フロントガラスから伸びた鉄筋が一本、真琴の胸に突き刺さっていた。

見たくはないのに、次の映像が脳裏に浮かぶ。

助手席を見ると、半目を開けた母が首を傾げたまま、虚空をじっと見つめていた。

おかあさん。

返事はない。視線をその顔から下に移す。数十本の鉄筋の束が、母の胸を貫いていた。

「即死だった」

嗚咽とともに、父が吐き出すように言った。

虚ろな瞳の母の姿が、網膜から離れない。計器の警告音が聞こえた。父が慌ててナースコールを押す。すぐに看護師と医師が駆けつけた。

「軽い興奮状態のようです。点滴に、鎮静剤を」

聴診器を耳から外した医師が言った。掛け布団が鉛のように重い。父や看護師が見守る中、真琴は自分の右胸に触れた。ゴツゴツとした感触は肋骨だろう。それから、おそるおそる中央へと右手を動かす。縦に伸びた等間隔の縫い目の感触。顎を引き、思い切って病衣の襟首部分を持ち上げる。薄い胸の中央に、縫い合わせたような傷があった。触れても、痛みはない。

「私にも、鉄筋が、胸に……」

突き刺さっていたはずだ。

黒くて長い、悪魔の槍のような鋼の棒が。

父が顔を寄せる。涙を拭った痕が、頬についていた。

「相手の深月という人が、急いで救急車を呼んでくれた。鉄筋は真琴の胸を貫いてた。だが緊急の移植手術で、なんとか一命を取り留めることができたんだ」

父の目尻にまた涙が溜まる。まばたきをするとそれは、すぐに頬を流れた。

「移植？」

真琴の声は掠れていた。

「ああ。真琴の心臓と適合するドナーが、たまたますぐに見つかってな。本当に、運がよかった」

「心臓？」

父の目が泳いだ。真琴の頭を優しく撫でる。

「ただ、ずっと目を覚まさなかった。四年間、ただの一度も」

「ヨネンカン？」

言葉の意味がわからず、気が遠くなる。

四年間。

頭の中で変換してみる。それならば、急激に容姿が変わった父にも合点がいく。

「四年間、お前は寝たきりだったんだ」

3

ひたすら泣いた。

泣いて泣いて、泣きまくった。泣いては寝て、起きては泣いてを繰り返し、気づいたら七日が過ぎていた。その間、父はずっとベッド脇（わき）にいて、何も言わずいっしょに泣いていた。あの日、自分が運転していなければ。深月という人が居眠り運転していなければ。ピアノコンクールがなければ。一次を通過していなければ。エントリーしていなければ。ピアノをやっていなければ。生まれてこなければ。

失ったものを整理する。真琴の四年と、母の一生。

「星子さん、失った四年を取り戻しましょう」

体操のお兄さんのような薄っぺらい笑顔を張り付けた理学療法士が、真琴の体の状態を説明した。ほとんど頭に入ってこなかった。「まずは固まった筋肉や筋をほぐし、可動域を広げましょう。以前のように動けるようになるかどうかは、本人のやる気次第です。リハビリは何も体の機能回復に限ったことではありません。生き方の回復も含まれています。星子さん。これからいっしょに、人生の回復を図りましょう」

笑顔が癇（かん）に障った。気持ち悪い、とその日は断った。

その次の日も、その次の日も、その次の日も。

そのうちに向こうが折れた。仕方がない。何もする気が起きないのだ。

深夜、寝静まった病室で、自分で自分の首を絞めてみた。だが、呼吸を止めるほどの握力は戻っていない。体を揺さぶり、ベッドから落ちるのも試みた。だが転落防止用の柵すら、自力で越えることができない。たった三十センチの高さなのに。何度も体当たりしているうちに、物音で父が目を覚ました。涙を堪えながら、寝たふりを続けた。

それからしばらくして、立て続けに見舞客が現れた。

音大の同級生は学生時代に仲がよかったグループの三人で、みな京極に師事していた。一人は小さな子供を連れていた。彼女の話によると、この四年の間に出会った職場の人と結婚し、今は二人目がお腹にいるという。結婚式の写真や子供が大きくなる過程を手渡されたスマートフォンの画面で眺めていると、確かに四年が過ぎたことを実感する。

ふと顔を上げ、三人の同級生の顔を見る。化粧がうまくなって、気持ちふくよかになっていた。急に自分の姿が恥ずかしくなり、掛け布団を首元まで上げる。

スマートフォンの画面に映った老人に目が留まる。三人が顔を見合わせた。言葉を待つも、三人はなかなか口を開かない。

「京極先生なんだけど、一年前に、肝炎こじらせて」

ようやく出たその言葉は、なぜか遠くの方から聞こえた。

その二日後、真琴が勤めていたピアノ教室の職員と生徒が訪れた。

「私も春からセンセと同じ音大付属に通ってるんだよ」

そう伝えてくれたのは、真琴が一番手をかけていた小学生の生徒だ。言われなければわからないほど顔つきが変わっていて、中性的だった容姿は女の子らしく、綺麗（きれい）になっていた。

「さっきお医者さんに聞きました。リハビリ次第で、またステージに立つことができるだろうって。センセ、治ったら私とラフマニノフ弾きましょうね」

誰だ、そんないい加減なことを言ったのは。四年も寝たきりで、自身の下の世話もままならないというのに。

「センセ？」

教え子の表情が硬くなる。笑顔を作ろうと思ったが無理だった。

どっと疲れが湧いた。なんでこうも立て続けに見舞客が来るのか。

おそらくは父が、真琴を元気付けようと呼んだのだ。

だがそれは、逆効果だ。

その日は、夜から雨になった。窓を閉め忘れていたのか、ベッドの上からでも雨音がよく聞こえた。アスファルトを打つ雨音、駐車中の車の天井を跳ねる雨音、街路樹の葉に当たる雨音。それぞれの雨音が、立体的に聞こえた。それはリズムとメロディを伴い、絶対音感を持つ真琴の耳に飛び込んでくる。今までと同じなのに、どこか違う。それはこれまでの来訪者がもたらした、真琴の中でまだ眠っていた感覚だ。そう、音楽だ。音楽はどこにいても、どんな状態でもいたるところに満ち溢れていた。目を閉じることはできても、耳を完全に塞ぐことはできない。たとえ完全な無音の状態になったとしても、頭の中にはすでにいくつものメロディが流れ始めていた。

翌日、真琴を訪ねてきたのは意外な人物だった。

父は所用で出かけていて、看護師が「面会です」と病室の扉を開けた。シックなグレイのワンピースに、手には黒のコートとマフラー、髪は綺麗な栗色でウエーブがかかっている。

「思ったより顔色いいわね」

真っ赤なルージュが引かれた唇が艶やかに動く。

「梨々香さん？」

声でそれが彼女だと気づいた。髪を染めて、しかもパーマに化粧まで。垢抜けたというレベルではない。

一ノ瀬梨々香は手に持った紙袋をひょいと掲げると、窓際の棚の上に置いた。真琴は反射的に掛け布団を頭までかぶる。どうして彼女がここに？

気配から、彼女が椅子に座ったのがわかった。だがそこから何の動きもなく、数分が過ぎた。

「あ、面会中でした？」

ノックのあと扉が開く音と同時に、看護師の声が聞こえた。そっと布団から顔を出すと、一ノ瀬梨々香は姿勢良く座ったまま、読んでいた楽譜を閉じ立ち上がる。壁に掛けられた時計を見ると、定期検診の時間だった。

「お構いなく」

一ノ瀬梨々香は一歩後ろに下がり、真琴に向かって手を差し出す。看護師は戸惑いながらも真琴の手を取り、体を起こさせる。

「いつ頃から弾けるようになりますか？」

「え？」

看護師が体温計を真琴の脇に挿していると、突然一ノ瀬梨々香が尋ねた。

「彼女、ピアノはいつ頃から弾けるように」

看護師が困った目で真琴を見つめる。答えずにいると、一ノ瀬梨々香が距離を詰めた。

「えーと、それは、リハビリ次第じゃないですかね」

「リハビリは順調？」

一ノ瀬梨々香が真琴を見下ろす。真琴は助け舟を看護師に求めた。

「それで言うと、まだまだこれから、ですね」

事情を知る看護師は言葉を濁した。だが一ノ瀬梨々香はさらに一歩前に出る。

「これからっていうのは、リハビリはもう始まっていて、これからピアノが弾けるようになるのか、それとも、これからリハビリそのものを始めるのか、どっちなの？」

真顔で尋ねる一ノ瀬梨々香に、今度は看護師が救いの目を向ける。

「何が言いたいんですか」

これ以上は困らせられない。真琴は思い切って一ノ瀬梨々香に尋ねた。一ノ瀬梨々香は強い眼差しを真琴に向け口角を上げると、ポケットから四つ折りの紙を取り出し、それを枕元（まくらもと）に置いた。

「それじゃ」

一ノ瀬梨々香は笑ったまま頭を軽く下げた。胸の奥がざわついた。彼女が病室の扉を開けた瞬間、黄色い声が廊下からどっと溢れた。だがすぐに扉は閉められ、その声は遠くなる。

「今のって、ピアニストの一ノ瀬梨々香ですよね」

「ご存じなんですか？」

「ご存じも何も、超有名人ですよ。音楽詳しくない私でも知ってるくらいですから。天才ピアニスト、リリカ・イチノセ。確か国際的に有名なコンクールで優勝したとか」

「コンクールで、優勝？」

「あ、これ、凄くないですか」

そう言って看護師は棚の上に置かれた紙袋の中身を取り出した。ドレスを着た一ノ瀬梨々香が表紙の音楽雑誌と、ＣＤとブルーレイディスクが計三枚。看護師は枕元に置かれた紙を取り、広げたあとそれを真琴に手渡す。ニュースサイトの記事をプリントアウトしたものだった。そのタイトルを読み上げる。

「第三回世田谷国際ピアノコンクール優勝……、一ノ瀬梨々香」

4

「屋上、行ったことあるか？」

父が窓の外を見ながら言った。首を振るも、意思に反して連れてこられた。

小高い丘に建っている病院らしく、屋上から周囲が一望できた。冷静に考えると、目を覚ましてから初めて空の下に出た。久しぶりに見上げた空は雲ひとつないのに、記憶の中のそれと比べると青が少し薄い気がした。

リハビリを始めてから三ヵ月が経過していた。始めた理由は、ひとえに一ノ瀬梨々香への対抗心からだ。

彼女が置いていったブルーレイディスクを院内の視聴覚室で見た。圧巻の一言だった。真琴と張り合っていた四年前とは次元が違っていた。洗練というよりも老練、迫力というよりも気迫、感動というよりも感激。テクニック云々ではない、魂の籠もったプロの妙技を見た。ふと、この演奏を会場で聴けなかった悔しさが真琴を襲った。こんな感情を抱いたのは、若い頃の京極の演奏テープを聴いて以来だ。

悔しかった。心の中で真琴は、彼女のことをライバルだと思っていた。だが四年前にあった僅かな差は、いつの間にか途方もないものになっていた。一ノ瀬梨々香は遥か高みにいる。彼女はそれを伝えに来た。冷笑をもって。いつからピアノが弾けるようになるか？　寝たきりで痩せ細った真琴を前にして、よくそんなことが言えたものだ。ハナからできないとわかっていて、困る真琴を見て笑っていたのだ。それが許せなかった。少しでも、一ノ瀬梨々香に追いついてやる。いや、追い越してやる。これまでの人生で一度も感じたことのない嫉妬と怒りが、ふつふつと湧いた。

だがリハビリの苦痛は想像を絶するものだった。四年間寝たきりだった体の筋肉は理学療法士の言う通り痩せ衰えて石のように固まり、ベッドから体を起こすだけでも、経験したことのない激痛に襲われた。

「今日の痛みが明日の希望に繋がるから」

彼の青臭い台詞に、内心では何度も救われた。痛みと疲労と失望を繰り返しながら、一人でなんとかトイレに行けるようになると、泣きたくなるほどの達成感を覚えた。実際に、声を出して泣いた。

だが、ある程度体が動くようになると、現実的な壁にぶつかる。指の動きだ。日常生活が人並みに送れるようになったところでそれはまだスタートラインですらなく、一ノ瀬梨々香との差が埋まったわけではない。むしろこうしている間にも、彼女との差は広がっていく一方だ。

「どうした」

「――なんでもない」

流れてくる涙を父に見られないように拭う。

いっそ、生まれ変わった方が早いのではないか。この体から精神が抜け、また自由な体を手に入れることができたなら。

立ち上がり柵に手をかける。これを越え、庇のような場所を抜ければ、そこから――。

「いーい、天気ですねぇ」

背後からのんびりとした声が聞こえた。振り返ると車椅子の老人が頭を下げた。リハビリ室でよく見る顔だ。背後には二人の男が付き添っている。片方は色黒で背が高く、もう片方はひょろ長で黒縁眼鏡をかけていた。二人とも黒い革手袋をしている。

ひょろ長眼鏡が老人の車椅子を押し、真琴の隣につける。老人は色黒男のサポートで立ち上がると、柵に手をかけた。

「――あの」

しばらくの沈黙を破り、老人が真琴に声をかけた。

「何か」

「あなたが有名なピアニストだと聞きました。よかったら、握手、してもらえませんか」

「え？」

「この歳まで生きてきて、そういう、有名人と会う機会が、なかったもので」

老人はたどたどしく照れ笑いを浮かべ、真琴に向かって右手を差し出した。父の方を見ると、困ったような顔をした。その表情で、この二人が顔見知りだとわかった。老人の手は震えていた。真琴は一瞬ためらったものの、手のひらを腰で拭い、右手を差し出した。老人はそれを、両手でしっかりと握り締めた。ありがとうございます、ありがとうございますと礼を言いながら、しっかりと。不意に老人の手が真琴の胸に伸びた。とっさのことで、反応が遅れる。

「親父」

色黒の男が声をあげた。ひょろ長眼鏡が老人の肩を持ち、真琴から遠ざける。

「すみません。とんだ無礼を」

色黒の男が真琴と老人の間に入り、深々と頭を下げた。揉まれるほどの胸はない。老人の手は胸の中央にある手術痕にそっと添えられただけだった。

「動いてた。動いてたぞ」

老人は自分の右手を見ながら、背後の二人に子供のような笑顔を向けた。今になって真琴の心臓はばくばくと脈を打ち始める。痴漢にあった不快感はない。ただある仮説が、真琴の脳裏に浮かんでいた。

「時々、お話をさせてもらってもいいかな」

去り際、車椅子の老人が言った。真琴は動揺しつつも、小さく頷く。老人は皺だらけの目尻に涙を浮かべた。

「今のって」

色黒とひょろ長に車椅子を押される老人の背を見ながら、父に話しかける。だが父は目を合わそうともしない。

移植された心臓の持ち主が誰なのか、真琴は知らされていない。規則で教えることができないと、後藤が言っていた。

ここにあるのが別の誰かの心臓なら、私の心臓は今、どこにあるのだろう。父に聞こうと思ったがやめた。使い物にならなくなった臓器だ。おそらく処分されている。それはそれで、嫌な気分だ。

自身の胸に、手を添える。ゆっくりだが、確かな心臓の鼓動を感じることができた。

5

順調にリハビリが進み、杖（つえ）ひとつで院内を自由に動けるようになった頃、真琴の病室の前に一人の男が現れた。落ち着きなくソワソワと周囲に視線を泳がせ、ため息を繰り返している。ふと目が合ってしまった。男は動きを止めたあと、早歩きで真琴の前に来た。

「ほ、星子真琴さんですか」

鼻が丸い、大柄な男だ。真琴が頷くと男はその場に跪（ひざまず）き、両手を前に出して頭（こうべ）を垂れた。

「この度（たび）は、本当に申し訳ございませんでした！」

男は大声を張り上げた。廊下を歩いていた他の患者や看護師が、いっせいにこちらを振り向く。

真琴はその声の大きさに戸惑い、体が固まってしまう。男は土下座の姿勢のまま、その場から動こうとしない。

「真琴。大丈夫か？」

父に肩を抱かれ我に返った。

「深月さん。顔を、上げてください」

父は頭を垂れる男にも声をかける。だが、男はさらに深く頭を下げた。

「前に話した、深月さんだ」

父が耳元で囁く。

「深月さん？」

「――トラックの」

その一言で思い出した。真琴の車に衝突した、トラックの運転手だ。深月の体は大きいのだが、土下座をするその姿はやけに小さく見えた。微かに震えてもいた。

父が何を言っても、深月は頑なに頭を上げない。警備員や看護師が駆けつけ、真琴らは病室へ入るように促された。そのうちに複数の足音が聞こえ始め、その後、急に静かになった。十分ほど経ったあと、警備員の男が病室に現れた。

「先ほどの男性が、どうしてもこれをあなたに渡して欲しいと」

父が代わりに受け取り一瞥したあと、それを棚の上に置いた。名刺のようだった。「何かあったらいつでも連絡して欲しい、とのことでした」

父は早口に礼を言うと、すぐに扉を閉めた。

「今さら謝ったところで」

父が小声でそう呟いたのを、真琴は聞き逃さなかった。

＊

退院を間近に控えたある日、リハビリがてら院内を散歩していると、中庭のベンチに座る父の姿が見えた。

「おとうさん」

両肩を背後から叩く。驚くかと思いきや、反応が薄い。

「どうした」と真顔で返され「もっと驚いてよ」と嘆息しながら隣に座る。

「何見てたの？」

スマートフォンを指差すと、ああ、と画面を真琴に向けた。そのまま、スマートフォンの画面をスクロールする。旅行サイトのようで、北欧の街並みが映し出されていた。

「ヨーロッパ？」

「海外に行くとしたら、どこに行きたい？」

「どうしたのよ、急に」

「来週には退院だろ。ちょっと、のんびりしたいなと思って」

「本当？」

海外旅行。思わぬ展開に自然と口角が上がるも、すぐにその気持ちを抑えた。

「だったら、コンサート行きたいな」

「となると、やっぱりヨーロッパだよな」

「国内でいいよ」

　真琴の手術代や五年近い入院費用は、馬鹿（ばか）にならないはずだ。一介のサラリーマンが簡単に用意できる額ではない。父に尋ねるも「お前が心配する話じゃない」と一蹴（いっしゅう）されるだけだが、迷惑をかけているのは間違いない。そう考えたら、気楽に海外旅行に行く気にはなれなかった。

「真琴は欲がないなぁ」

「そういうおとうさんはあるの？　やりたいこと」

　真琴が答えを待っていると、「そうだな」と父は空を見上げた。

「のんびり、映画でも観たいかな」

「映画？」

「それもSFな。CG少なめ、特殊メイク多め」

「そんな映画、面白いの？」

「父さんの知り合いに、昔ハリウッドで特殊メイクをしていた技術者がいてな。そいつが絶賛してた映画をまだ観ていないことを思い出した」

　映画の話をしている父は、とても楽しそうだった。父が無邪気に、朗らかに語る姿を見たのは、久しぶりだった。

　この時はまだ、父があんなことになるとは、夢にも思っていなかった。

＊

「――で、どうなんですか。先生」

検診が終わり真琴が尋ねると、後藤の顔に影が差した。反射的に後悔する。二週間前、体力的にまだ不安があると退院を延期されたことを思い出した。

意識が戻ってから九ヵ月。毎日地獄のようなリハビリを続け、筋肉もだいぶ戻ってきた。顔色も良くなったと、自分でも思う。心臓移植手術から五年近く経過しているが、胸には一円玉大の鉄筋が刺さったときの傷と、心臓移植の際に開いた手術痕がまだ生々しく残っていた。時間をかければ完全に消すこともできると後藤には言われたが、真琴としてはこのままでいいと思った。この傷は、消してはいけない気がしていた。

「――残念だが」

聴診器を耳から外した後藤は目を逸らし、真琴の右肩を叩いた。落胆で体が重くなる。胸がきゅっと締まった。

「経過は良好だ。しばらくは通院してもらうことになるが、退院で問題ない」

言葉の意味を頭の中で反芻し、顔を上げる。後藤が満面の笑みを浮かべていた。

「もう、そういう冗談は」

「振り幅大きい方が、喜びもひとしおかなって……。真琴ちゃん？」

後藤が真琴の顔を覗き込んだ。気づかないうちに、頬が濡れていた。洟をすすると、さらに大粒の涙が目尻からこぼれる。後藤が真琴と父を交互に見て、柄にもなくあたふたし始めた。その様子がおかしくて、真琴は泣きながら吹き出してしまった。後藤が苦笑いを返した。

カーテンが風で揺れた。二人の様子を、父は静かに見つめていた。

6

「すまん、ちょっと行けなくなった。一人で帰れるか」

退院の日。父の電話で目が覚めた。

「子供じゃないんだから、大丈夫だよ」

「子供だよ」

「そういう意味じゃないから」

思わず笑みがこぼれる。

荷物は昨日、父があらかた家に持って帰っていた。

「星子は？」

病室まで見送りに来た後藤が尋ねた。

「なんか、昨日から仕事がトラブってるみたいで」

「じゃあ着替えて待ってろ。送っていくから」

いいですよ、という声をかける間もなく後藤は病室をあとにした。

父が持ってきてくれた着替えに袖(そで)を通す。事故前から体重が十五キロ以上落ちているせいか、どれもぶかぶかだった。ベルトを調整し、ずり落ちるパンツをなんとか腰にとどめる。鏡の前で見ると、コートの肩が余って不恰好（ぶかっこう）だった。

看護師や医師らに見送られ、病院をあとにした。後藤は急患が入ってしまい見送りに来られないと、看護師が伝えてくれた。予想通りだ。

病院を出てすぐのところで、見覚えのある男が立っていた。丸い鼻をした、大柄の男だ。

「退院、おめでとうございます」

深月は深々と頭を下げた。真琴は自身の頬の紅潮を感じた。立ち止まってから深く息を吸い込み、それをゆっくりと吐き出した。奥歯をぐっと嚙（か）み締め、腹の底の方からこみ上げてくる黒い感情をなんとかやり過ごしながら、その場を無言で歩き去る。一度も振り返らなかった。

乗るべきはずのバス停を通り過ぎ、一歩一歩自分の足の感触を確かめるように歩いた。途中コンビニに入り、小休止をとる。ふと、棚に並べられた週刊誌を手に取ると、見覚えのないアイドルグループの不祥事と官僚の不倫、最近多い海外からの移住者と地域住民の対立、暴力団幹部が首を切断される事件など、話題が豊富だ。中盤に覚醒剤（かくせいざい）所持で捕まった二世タレントをまとめた特集があった。親の過保護と無関心が彼らを覚醒剤へと誘ったのだろうか、という文言で締められていた。

休憩スペースで携帯を取り出す。ここから家までのルートを調べると、歩いて行けなくはない。リハビリがてらこのまま歩いて帰ろうと決めた。

突風が身を引き締める。贅肉（ぜいにく）がついていないせいか、体が冷えるのが早い。コートを着ていても隙間（すきま）から冷気が入り、体が震えた。

五年の間に、通りの様子は確実に変化していた。以前あった小さな酒屋がフランチャイズのコンビニに変わっていた。デコボコだった小道は綺麗に舗装され、古い集合住宅があった場所には戸建ての住居が四戸連なっていた。小学校の端にあった大きな桜の木がなくなっていた。真琴自身ももう二十八歳、いつの間にか三十代がすぐそこだ。

真琴と同い年の分譲マンションは、その年月の割には綺麗なままの居住まいだった。おそらくは管理人のメンテナンスが行き届いているのだろう。父から手渡されたカードキーでオートロックを開け、懐かしさを感じるエントランスを抜ける。毎日乗っていたエレベーターに乗り込み、その姿見に映る女性と対峙(たいじ)する。髪の長い、痩せ細った女性だった。見慣れた空間に、見慣れぬ女性。それが真琴自身だと気づくのと同時に、エレベーターの到着音が鳴った。

手に持った鍵(かぎ)で扉を開く。籠もった空気の感覚。懐かしい匂(にお)いを感じたのと同時に、不快感を覚えた。部屋の散らかりようがひどい。父は仕事はきちんとこなすタイプだが家事はてんでダメで、脱いだ服は脱ぎっ放し、使ったものはそこらじゅうに置きっ放しにするので、よく母から注意を受けていた。あきれるのと同時に、笑いがこみ上げてくる。当時の母の気持ちが理解できた。

「全く、しょうがないんだから」

真琴は荷物をテーブルの上に置き窓を開ける。リビングの端に、見慣れないものがあった。仏壇と母の遺影だ。この周りだけは綺麗に整えられていた。遺影の前で手を合わせる。

「ただいま」

声に出してみる。もちろん返事はない。

「とりあえずは、お掃除かな」

真琴は誰に言うでもなく声に出し、袖をまくった。

重いものはなかったが、部屋の掃除は今の真琴にとっては重労働だった。途中で何度も休憩を入れ、ようやく落ち着いて腰を下ろせるくらいまで片付いたときには、もう日が暮れかかっていた。父の携帯に連絡するも、電源が入っていない。会議中だろうか。喉が渇いた。冷蔵庫の中には賞味期限が切れた牛乳くらいしかなく、仕方なくコンビニに向かった。お腹も空いていたが退院祝いのディナーを思い、我慢する。見上げると、雲の隙間から満月が見えた。

ソファでペットボトルのミルクティーを飲み、一息つく。見違えるほど綺麗になったリビングに、ちょっとした満足感を覚えた。再度父に電話を入れるも、やはり繋がらない。真琴はテレビをつけ、ソファに横になる。知らないタレントが見慣れない施設で、初めて見るものを食べていた。慣れない家事をしたせいか、体がぐったりする。心地よい疲労感だった。瞼が重い。お腹が鳴る。

*

重い扉を押し開ける。隙間から吹いた夜風が、頬を撫でた。

満月が雲に隠れる。

腕時計を見る。予定の時刻より二分早い。与一は風を受けない手近な場所を見つけるとポケットからハンカチを取り出し、その上によく繰ったタロットカードを並べた。くの字形に一枚、二枚、三枚。射手、戦車、そしてペンタクルの八。

火曜日射手座の今日の運勢。総合運は良好、仕事運も吉、金運も上昇傾向、自分の仕事に自信を持ち、即断即決で時間をかけないこと。近々トラブルに巻き込まれるので注意が必要。

だが、いま手掛けているこの仕事については、問題ないだろう。

屋上の縁に足をかけ、遥か先の架橋を望む。オフィスの灯りがともるビル群の彼方、海の上を走る長い橋だ。

腕時計が震えた。仕事の時間だ。

屋上の隅に予め置かれていた黒いボストンバッグを手に取り、ジッパーを下げる。雲の隙間から漏れた月の光が、チタン製のケースに反射する。箱を開け、中から細長い鉄の塊を取り出す。パーツを組み立て、スコープを取り付ける。何百何千と繰り返してきた動作だ。目を閉じてでもできる。

できあがった狙撃銃を縁の角に設置し、スコープの蓋を開ける。橋の上を走るタクシーが鮮明に見えた。コートの内ポケットから無線機を取り出し、「位置についた」と呟く。

「了解」

すぐに神宮寺の声が返ってきた。

銃を構え、スコープの中を通り過ぎる車の数を数える。途中、何度か風の向きが変わった。そのたびに、最適な角度を算出しなおす。

風、湿度、気温、車の速度、弾丸の重さ、弾の速さ、回転数、今日の吉方。

「来たで」

神宮寺の声と同時に、突風が吹き上げた。

スコープの端に黒塗りのタクシーを捕捉（ほそく）、ナンバーを確認する。ターゲットのものと一致。運転席から後部座席へと視線を移す。帽子にマスクをしたターゲットが、窓ガラスに頭を預けている。お疲れのようだ。

それからさらに後方へとスコープをずらす。大型のタンクローリーが、タクシーの二台後ろを走っていた。予定通りだ。

進行方向の先へスコープを向ける。五百メートル先、赤い大型バスが走行している。毎度のことながら、神宮寺の設計には舌を巻く。左耳のピアスに触れる。

「運命の結末だ」

タイミングは一瞬。

与一はそのときのために深く息を吸い込み、呼吸を止める。

風がやんだ。同時に、中指に力をいれる。抜けた軽い発砲音が、ビルの合間にこだまする。だがすぐにその音は突風にかき消された。

ややあってスコープの中の大型バスが揺れた。その揺れは徐々に大きくなり、後部タイヤが横に滑り始める。体勢を整えようとゆらゆら揺れているものの、その甲斐（かい）むなしく、赤いバスはゆっくりと横転した。

スコープ越しに見る数キロ先の世界には音がない。正確には音が届かない距離にいるだけなのだが、それだけで自分が異世界を覗き見ているような錯覚に陥る。日常から音が消えるだけで、その世界は急に現実味をなくす。

倒れた赤いバスの天井部分に、タクシーが迫る。急ブレーキをかけたせいで車体は横に滑り、間一髪のところで急停車した。後部座席で倒れてしまったのだろう、リアガラスにターゲットの姿はない。確認しようと目を凝らすも、それはすぐにスコープの中から消えた。

与一は銃を置いたまま立ち上がり、高倍率の双眼鏡で橋の上を見た。後方からきた銀のタンクローリーが、倒れた大型バスに正面衝突していた。タンクローリーとバスの間には、黒い鉄の塊がひしゃげて挟まっている。

現場には車から降りてきたらしい野次馬たちが、タンクローリーとバスを囲み始めた。横転したバスは上り下り四車線を占領し、完全に橋を塞いでいる。しばらくの間、鉄くずと化したタクシーを見ていたが、人が降りてくる気配はない。

いつの間にかタンクローリーの前部から黒い煙が立ち上り始める。それに気づいた野次馬たちが、蜘蛛の子を散らすようにその場を離れた。鉄塊となった車から火が噴き上がり、一瞬光ったかと思うと、爆発が起こった。潰れた車から伸びた炎が、みるみるうちに大きくなる。双眼鏡から視線を外し、遠くの架橋を眺めた。タクシーは視認できず、代わりに大きく舞う炎が、まるで生き物のように橋の上でのたうち回っていた。

銃を分解し、チタンケースに収め終わったところで、無線機が点滅した。

「終いや。ほな、また連絡するわ」

こちらの返事を待たず、神宮寺はすぐに通話を終えた。

屋上を去ろうとドアノブに手をかけ、振り返る。遠く見える橋の上、そこだけが昼間のように明るい。揺らめく炎が神々しく燃え盛っていた。

遠くからサイレンの音が聞こえた。またひとつ、心が軽くなった気がした。

立ち上る黒煙は天へと繋がっていたが、その空は灰色で、星はひとつも瞬いていない。もちろん、月も見えない。

与一は扉を開け、同等の濃さの闇に入る。

*

物音で目が覚めた。テーブルの上で携帯が震えていた。寝ぼけ眼（まなこ）のまま通話ボタンを押す。

「遅いよ、おとうさん」

「後藤だ」

途端に目が醒（さ）める。「真琴ちゃん、今どこ？」

声が固い。

「家、ですけど」

「今から行く。出る準備をしておいてくれ」

真琴の返事を待たず、通話は切られた。立ち上がり背伸びをしたあと、携帯の時刻を確認する。朝の四時だった。着信履歴を確認するも、父からの連絡はない。点（つ）けっ放しだったテレビの画面に目が留まる。画面上には大破し黒く焦げた車のような何かが映し出されていた。交通事故のようだ。嫌な予感がした。

インターフォンが鳴った。液晶には後藤の姿があった。

「出られるか」

硬い表情の後藤に連れてこられたのは、病院の地下にある異様に明るい部屋だった。油と何かが焼け焦げた匂いが室内に充満していた。ステンレスの台の上に、大きな袋が二つ並んでいた。そのうちのひとつ、手前の台の上に置かれた袋のジッパーが下ろされ、中から黒い物体が現れた。何かに押し潰されたようなそれは、よく見てみるとかろうじて人の形をしていた。反射的に仰け反ってしまった。

「星子のかかりつけの歯科医から取り寄せた歯型と、一致した」

真琴の傍に立ち、後藤が言った。何のことを言っているのか、わからない。

いや、正確には、理解したくなかった。

「先生」

黒いスーツで目つきの鋭い男が銀色のトレイを持って現れた。刑事ドラマに出てきそうな男だ。トレイの中には黒く焦げた文庫本サイズの物体が載っていた。後藤は白手袋をはめ、その物体に触れる。それは焼け焦げた財布で、中から変形したカード類が出てきた。その中の一枚に視線が釘付けになる。

「星子の免許証で、間違いないか」

真琴はそれを、素手で手に取る。刑事らしき男が「あ」と声をあげたが、後藤がそれを制した。変形し、くすんでいるが、免許証の写真は白髪になる前の父だった。

「おとうさん……」

喉の奥から嗚咽が漏れた。その場に立っていられなくなり、視界が反転する。

それから先は覚えていない。

第2章

1

　警察の捜査の結果、父が乗ったタクシーは橋梁(きょうりょう)を走行中に横転した観光バスに衝突、さらに後方から来たタンクローリーに押し潰され車ごと炎上したという。同乗のタクシー運転手も亡くなっている。警察と後藤は明言を避けていたが、翌日、ワイドショーで丁寧な解説付きの映像を見た。映画のような出来事ですね、とコメンテーターが神妙な顔をして言った。

　葬儀は後藤が取り仕切ってくれた。父も母も一人っ子で、その両方の祖父母も真琴が入院している間に他界していた。いつの間にか真琴は、天涯孤独の身になっていた。

　後藤が用意してくれた喪服に袖を通す。痩せ細り病的なまでに白くなった肌と浮き出た鎖骨。鏡に映った自分を見ると妙に艶(なま)めかしく、また痛々しかった。

　父の会社の同僚、大学時代の友人、趣味の野球仲間など、多数の参列者が訪れた。「この度はご愁傷様でした」「惜しい方を亡くしました」「まだ若かったのに」「悔やんでも悔やみきれません」。お決まりの言葉を、降りしきる雨のように浴びせられた。その中の一人、「君のお父さんは、新薬の開発で多くの人に希望を与えた。彼ほど勤勉で、薬学に向き合い、それを服用する患者のことを考えていた研究者はいない」そう涙ながらに語る年配の男性の言葉が耳に残った。

葬儀が終わり、後藤の車で家まで送ってもらう。この数日、彼は病院業務の一切を投げ出し、真琴のために尽くしてくれた。それが大変申し訳なかった。

「おとうさんって、私が眠ってるとき、結構傍(そば)にいてくれたんですか」

助手席で尋ねる。「なんか、休職と長期の有休を繰り返してたって」

父の同僚から聞いた話だ。その同僚は実験や研修、対外的な発表会など以外、父は在宅で働くことが多かったとも言っていた。レポートなどは、真琴の病室で書いていたに違いない。

「暇さえあれば、君の指先のマッサージをしてた。目覚めてからピアニストとして復帰するには、指先の感覚が大事だからって。あいつにとって君は、残された全ての希望だった」

後藤はフロントガラスの先を見つめたまま答える。真琴は棒のように細くなった指先を見つめる。

「とりあえず、今日はゆっくり休んで」

その言葉は、真琴から後藤にかけるべき言葉だった。


部屋で一人になる。等間隔で鳴る音が気になり部屋中を見渡すも、時計はない。ソファに腰掛け天井を仰(あお)ぎ見たところで、それが自身の心音だと気がついた。

心臓が血液を全身に送る。

それは真琴の意識の範疇外(はんちゅうがい)で行われている。寝ていたとしても、心臓は動き続けている。体を形成する臓器というものは、全てそうだ。だがこのいただきものの心臓には、ことさらそれを強く感じた。臓器は真琴の意識とは関係なく、真琴を生かし続けている。

鼓動よ、止まれ。

そう強く念じたとしても、心臓はそれを止めない。止めるには、無理矢理にでも傷つけるしかない。

気づいたら台所に立ち、包丁を握り締めていた。

ピアニスト時代は指を傷つけてはいけないと、家事は全て母の仕事だった。包丁を持つのも、中学の家庭科以来だ。刃に真琴の顔が映る。痩せ細り、目の周りにはクマができていた。

突然インターフォンが鳴り、思わず包丁を床に落とした。

心臓がばくばくと音をたてる。立ち上がり、モニターを確認する。若い女性がエントランスのカメラ越しにこちらを見つめていた。ツインテールで、制服らしきものを着ている。女子高生？ピアノ教室の生徒だった子だろうか。だがその顔に見覚えはない。ツインテールの女性はその間もチャイムを鳴らし続けた。

仕方なく、応答ボタンを押す。

「——はい」

「あ、繋がった」

ツインテールの女性は姿勢を正すと、カメラに顔を近づけた。「と、突然の訪問ですみません。星子真琴さんはおられますでしょうか？」

名を呼ばれ、頭が真っ白になる。モニターに映る女性をじっと見る。

「……どちら様？」

思い切って尋ねた。女子高生は人差し指で前髪を整えたあと、その場で頭を下げた。何かを喋(しゃべ)っているようだが、インターフォンのマイクがその声をうまく拾えていない。

「顔を上げてください」

女性は頭を下げたまま、首を振った。「あの、顔を上げてくれないと、うまく聞こえないんで」

「ああ、失礼しました」

女子高生は勢いよく顔を上げる。ツインテールが別の生き物のようにうねる。女子高生は恥ずかしいのか顔を赤らめ、鼻をかいた。

「私、深月一郎(いちろう)の娘のかんなっていいます。真琴さんが退院されたって聞いて、いてもたってもいられなくって。私でよければなんでもするんで、だから……」

深月かんなはまた頭を下げた。そこから先は案の定、何を言っているのか聞き取れなくなった。

2

父の保険金が入金された。

しばらくの間働かなくても生きていけるほど、十分な金額だった。だが仮に働こうと思っても、このガリガリの体では面接で落とされるだろう。

何もしたくない日々が続いた。ベッドに横になり、ただただ時が過ぎるのを待つ。

数日経ったある日、携帯に見覚えのない番号から着信が入る。あまりにもしつこかったので出ると、「封筒は届いた？」と聞き覚えのある声がした。

「封筒？」

「郵便受けを確認しなさい。十分後にまたかけるから」

突然切れた。放っておくと、またかかってくる。

「封筒確認した？」

「いえ、まだ」

短いため息が電話越しに聞こえた。

「私も暇じゃないから、要件だけ伝えるわ。この前、京極和明の愛弟子にあたる審査員にあなたの話をしたら、喜んで推薦してくれるって」

「推薦？」

「オーディションよ」

「オーディション？」

「あなたは鸚鵡？」

「鸚鵡？」

また短いため息。もういい、一ノ瀬梨々香はそう言うと、

「世田谷国際ピアノコンクールが、来年も開催されるの。一般募集はもう締め切られてるけど、有望な奏者はオーディションで枠を勝ち取れる。まあ、数は少ないけどね。もうあまり日がないから、曲を決めて弾き込んでおいて」

「え……」

「どうせ失うものなんてもうないでしょ」

怒りよりも動揺が勝る。

電話のあと、急いで郵便受けを確認する。白い大型の封筒が入っていた。宛名（あてな）には真琴の名前。開けると、世田谷国際ピアノコンクールの正式なオーディション通知だった。課題曲のリストが記載されている。会場はオウルシティ世田谷。前回と同じだ。

「――そんなのまだ、気が早すぎだから」

思わず口から言葉が漏れる。

部屋に戻り、自室にあるアップライトピアノの蓋を、やっとのことで開ける。部屋は防音が完備されている。扉を閉めると、外の生活音が完全に遮断された。

鍵盤（けんばん）の上に指を置く。Cを叩くも鍵盤は想像以上に重く、指先の感覚は以前とは比べものにならないほど鈍い。頭の中で考えるのと指の動きにかなりの誤差がある。筋力の衰えを差し引いても、五年近いブランクがある。第一線のピアニストとして、それはもう致命的だった。鍵盤をぽんぽんと叩き、父が好きだったバッハのゴルトベルク変奏曲を奏でる。だが指が思い通りに動かず、途中で演奏を止めた。指の可動域が狭く、鍵盤が重い。早くも前腕と甲に痺（しび）れと筋肉痛が広がっていく。思い切って強めに鍵盤を叩く。だが想定していたほど大きな音は出なかった。

――なんでもやるんで、傍に置いてください！

先日訪ねてきた女子高生、深月かんなの言葉が蘇る。

彼女のひたむきさが、羨（うらや）ましかった。モニター越しにしか見えなかったが、あの鼻の丸い父親とは似ても似つかない、可愛（かわい）らしい女の子だった。どうやってここを突き止めたのかと尋ねたら、なんと真琴が退院したときからずっと尾行していたという。

「話しかけようと思ってずっと機会をうかがってたんですけど、なかなかタイミングがつかめないまま、真琴さんがマンションに入っちゃって」

悪漢だったらと思うとぞっとする。だが現実に訪ねてきたのは、雑誌モデルのような美少女だった。複雑な気分だ。

なんとなく酒を飲みたい気分になり、台所を探すと、飲みかけの焼酎ボトルがあった。父が飲んでいたものだろう。コップに一センチほど入れ、水で薄める。思い切ってそれを一息で飲んだ。喉から食道、そして胃の中が、徐々に火照る。その熱さは顔を覆い、すぐに目の前が歪んだ。ソファの背もたれに体を預ける。

母を殺し、真琴から四年間を奪った男の娘。だが、彼女に罪はない。それなのに、彼女はその男の代わりに真琴の前に現れ、なんでもやるから傍に置いて欲しいと懇願した。真琴が彼女の立場ならどうしただろうか。そもそも、父の代わりに罪を償おうという発想はなかっただろう。

もちろん、彼女の提案は丁重にお断りした。徐々にだが、体力も戻りつつある。若い女子の支援が必要なほどではない。はずだ。

料理ができない真琴は、食事はいつも近所のスーパーのお弁当やお惣菜で済ませた。これが意外に美味しく、かつ毎日違う商品が並んでいたため、飽きずに食べることができた。とはいえ毎食一人前は食べきれず、お弁当のひとつを昼と夜で分けて食べた。心臓移植をしてから、味の好みが少し変わったように思う。前までは魚が苦手だったのだが、今では好んで食べるようになった。特に、お寿司。三日に一度は食べるようになった。もちろん、スーパーのパックものだが。

買い物途中、何度か深月かんならしき影を見かけた。だがこちらから話しかけることはなく、話しかけられても困るので、見かけたらそそくさと逃げるようにして自宅に戻った。

家に帰っても、やることは限られている。テレビは朝と夜のニュースの時間だけ、ドラマやアニメは続き物で話についていけず、バラエティはテロップがせわしなく目がチカチカする。もともと、暇さえあればピアノを弾いていたから、時間が空くと何をしていいのかわからない。

結局、ピアノの前に座る。

鍵盤を叩く。その音に耳を澄ませる。落ち着いている自分に気づく。

ピアノを弾いている間は、己の演奏の拙さに泣きたい気持ちになるが、逆に言えば、それ以外のことは頭の中から消し去ることができた。

結果、真琴はピアノを弾き続けた。来る日も来る日も。

外に出る用事と言えば五百メートル先にあるスーパーに買い出しに行くくらいだ。だがそのうちにそれも億劫(おっくう)になり、気が済むまでピアノを弾いてみようと思った。少しずつ、昔の感覚を取り戻しつつある。腕の筋肉痛はひどかったが、その痛みがまた心地よかった。アドレナリンが出ているのかもしれない。年越しはマンションの前に飾られた門松で知った。

一週間ほどそんな生活が続いたある日、いつものようにお腹が空いたので、スーパーでお寿司を買った。だがマンションのエントランスで急激な眩暈(めまい)を覚え、その場に蹲(うずくま)ってしまう。胸が締めつけられるように痛い。携帯を取り出そうとポケットに手をやるも、家に置いてきていた。

体を起こし、歪むエントランスを仰ぎ見る。呼吸ができない。目の前が霞(かす)む。

遠くなる意識と視界の端で、ツインテールが揺れながら近づいてくるのが見えた。

3

「感染症の一歩手前だ。あと少し遅かったら、また入院してもらうところだった」

後藤が顔を真っ赤にしている。どうやら本気で怒っているようだ。

「──すみません」

「食事はきちんと摂ってるか？」

「──二日に、一度くらいは」

「話にならない」

「食欲がなくて」

「なくても食べるんだ」

「努力します」

「努力することじゃない」

後藤が怒鳴る。看護師が怯えた表情を見せた。「全く。食事も摂らず、いったいなにをしてるんだ」

「──ピアノです」

「あ？」

「──ピアノを、弾いてました」

何かに気づいたのか、後藤が真琴の手を取った。指先に触れられる。

「どれくらい弾いてた？」

「寝るとき、以外は」

後藤が看護師と視線を合わせる。

「ピアニスト。だったんだよな、事故前は」

真琴は小さく頷く。

「やっぱり星子の娘だな」

「え？」

「あいつも、一度のめり込むと寝食忘れて没頭するタイプだった」

「おとうさんも？」

後藤は優しい笑顔をたたえ、過去に思いを馳せているようだった。だが、すぐに険しい表情に戻る。

「とはいえ、主治医として今の生活を見過ごすわけにはいかない」

「はい」真琴は小さく頷いた。

「この病院の近くに、私の投資用のマンションがある。ウィークリーマンションとして運用してる物件なんだが、ちょうど今、借り手がいない。しばらくの間、そこに住んで、定期的に通院しなさい」

「え」

「いつでもピアノが弾けるという今の環境は、リハビリとしてはいいことだ。だが、それを際限なく続けて体に支障をきたすのは良くない。薬を飲まないなんて言語道断だ。ピアノの練習場所は別で確保してもらうことになるが、その方が集中して練習できるだろうし、無理をしすぎることもないだろう」

「――でも」

「それが嫌なら、また入院してもらう」

有無を言わさぬ物言いに、その日のうちに着替えを取りに帰り、後藤のマンションに入ることになった。真琴の実家よりも広く、階数も高い。都内が一望できるタワーマンションだった。家賃の話をすると「そんな心配はしなくていい」と怒り口調で言われたので、それ以上は何も言えなかった。

三日に一度は通院すること、二日に一度は後藤へ連絡を入れること、毎日薬を飲むこと。後藤から出された三つの条件だ。正直億劫だったが、入院に比べればマシだ。

4

それから二日後、ネットで探し物をしていると、インターフォンが鳴った。来るだろうとは思っていたが、いざ来られると緊張する。モニターを見て「どうぞ」とエントランスの解錠ボタンを押す。制服姿の深月かんなは、その場で深々と一礼をした。

後藤の話によれば、彼女が病院に連絡を入れてくれたらしい。

「命の恩人だ。次に会ったら、きちんと礼を言っておくように」

ドアを開けると、深月かんなはまた深々と一礼をし、「夜分にすみません。病院に問い合わせたら、後藤っていう先生が、ここを教えてくれて」

「入って」

失礼します、と深月かんなはローファーを脱いだ。リビングのソファに座ってもらい、台所でお茶を探す。カプセル式の珈琲メーカーがあったので、それで済ますことにした。テーブルの上に珈琲カップを置き、深月かんなと向かい合う。

「あの」

二人同時に声を出した。気恥ずかしくなり、真琴は深月かんなに譲る。

「お体の方は」

真琴はなんと答えていいかわからず、ただ頷き返した。

「よかった」

深月かんなが心の底からそう思っているのがわかるような、安堵のため息を返した。

「マンションで、私が倒れてるところに居合わせたって」

沈黙が続いたので、仕方なく真琴から話を振る。

「すみません、出しゃばった真似しちゃって。ずっと真琴さんとお会いしたくて」

深月かんなが申し訳なさそうな表情で答えた。

「会ってどうするつもりだったの」

「ですから、少しでも真琴さんのためになれば」

「それってさ、ただの自己満なんじゃない」

「え？」

「私、あなたのお父さんに、事故とはいえ、お母さん殺されてるんだよ」

違う。

「私だって、そのせいで四年間も寝たきりで」

違う。こんなことを言いたいんじゃない。だが口から出てくる言葉は止められない。

「そのせいで、薬無しでは生きられない体になったし、ピアノだって……」

「本当に、申し訳ございませんでした！」

深月かんなは立ち上がると、床に土下座して頭を下げた。「おっしゃるとおりです。ただの自己満です。でも……自己満でも、私は、何か、真琴さんの役に、立てるなら、と思って……」

深月かんなは土下座をしながら、むせび泣いた。その背中にかける言葉が思いつかず、真琴はその場で立ちすくむ。

「ありがとう」

ようやく出た言葉がそれだった。深月かんなが顔を上げる。

「病院に連絡してくれて、ありがとう」

そうだ。彼女に罪はない。

それどころか、彼女は真琴を救ってくれた命の恩人だ。そんな恩人に、なんてひどいことを。

ただの八つ当たりなのは、自分でもわかっていた。振り上げた拳のやり場に困っていただけだ。

情けなくなり、真琴はその場で泣きじゃくった。

「真琴さん、大丈夫ですか」

深月かんなが心配そうな表情で立ち上がり、ソファに座らせてくれた。なんて優しい子なんだと、真琴は自分が恥ずかしくなる。おそらくは十歳以上も違うのに、彼女の方が遥かに大人びていた。

ようやく真琴が落ち着くと、深月かんなは「珈琲ごちそうさまでした」と頭を下げた。

「これ、よかったら」

と、手に持った封筒を手渡される。中身を確認すると、手書きのメモが数十枚、束になっていた。真琴は一枚一枚、それをめくる。現像された写真もクリップで留められていた。建物の外観と……ピアノの写真だ。

「これって」

「この近くでピアノの練習ができる場所のリストです。ここから、二駅先までカバーしてます」

真琴もちょうどネットで探していたところだった。だがあまりいい場所がなく、困っていたのだ。深月かんなのこのメモは、ネットに落ちていない生の情報が網羅されていた。

「これ、どうやって……」

「近くにあるピアノ教室に行って聞いてきました。どこどこの誰々さんとこは自宅にピアノの練習場作ったけど娘さんが嫁いで倉庫同然になってるとか。あ、ここともおすすめですよ。私も現地に行ったんですけど、気のいいお母さんが管理してて、真琴さんの話したら、是非にって。あと、このジャズバー。真琴さんってピアノの調律できます？　調律できるんなら、タダでもいいって」

「なんで、ここまでするのよ」

「――自己満ですよ。少しでも、真琴さんの役に立てたらって」

そう言って深月かんなは笑う。目の前の少女に、狂気に似た執着を感じた。だがそれは恐ろしいというものではなく、どこか共感できるものだった。

前言撤回。

父が殺人を犯したら？

私でも、彼女と同じようなことをするかもしれない。

＊

「私、音楽なんて全然興味なかったんですけど」

Lサイズのクワトロフォルマッジをほぼ一人で平らげたかんなが、ダイエットコークで喉を潤したあと口を開いた。「とっても感動しました。真琴さんって、有名なピアニストだったんですよね」

ムーンというジャズバーで、ピアノの腕前を披露した。その演奏を聴いてからというもの、かんなは目を輝かせながら真琴のピアノを絶賛する。結局そのジャズバーでピアノの調律を条件に、店が開く夕方までの間ピアノを貸してもらえることになった。

練習場所を確保できたお礼にと、かんなを食事に誘った。彼女は二つ返事で了承した。以前父に連れられてきたことがある、ピザが美味しいイタリアンの店だ。

かんながスマートフォンの画面を真琴に向ける。検索したのか、真琴の受賞歴がまとめられたページが表示されていた。髪をまとめ、ドレス姿でキメている真琴の写真も掲載されている。大学を卒業してすぐに撮影したもので、顔から火が出るほど恥ずかしい。だが女子高生相手に取り乱すのも大人げないので、「私なんて大したことないわよ。国内でいくつかのコンクールで賞を取った程度」と、謙遜（けんそん）か強がりかわからないコメントを返すので精一杯だった。

「そんなことないですよ。ほら、ここにも天才ピアニストって」

「天才って言うなら私じゃなくて、一ノ瀬さんよ」

かんなはしばらくの間スマートフォンと向き合ったあと、口を開く。

「ええと、一ノ瀬梨々香、ですか？　『同じ日に生まれた二人の天才、軍配はサラブレッドに』。サラブレッド？」

「一ノ瀬さんち、代々音楽家の家庭なの」

「あ、真琴さんのこと、庶民的って書いてあります」

かんなは唇を尖らせる。

「私の家は製薬会社の研究員と看護師だからね。メディアって、そういう対立構造にしたがるのよ。その方がわかりやすいし、興味も持てるから。けど私なんて、一ノ瀬さんの足元にも及ばないわ」

「そんなことないですよ。真琴さんの方が上です」

「あなた、一ノ瀬さんのピアノ聴いたことあるの？」

かんなは首を振る。

「けど、真琴さんの方が上ですよ」

「どうしてそんなこと言い切れるのよ」

「どうしてもです」

かんなはそう言って、鼻息を荒くする。

無条件に応援してくれる人がいる。そんな人が一人でもいると、心強く感じてしまう。思えば母がそうだった。鼻の奥がつんとしたが、なんとかやりすごす。

食事を終えると、何かあるといけないからとかんながマンションまで送ってくれた。「あなたの方こそ女子高生なんだから」と断るも「私は空手習ってるんで、大丈夫です」と聞かない。

「真琴さん」

マンションのエントランスに入ったところで、呼び止められた。かんなは姿勢良く、だが顔を真っ赤にしながら「また、来てもいいですか」と尋ねた。真琴はゆっくりと頷く。

「やったー！」

飛び跳ねるかんなを見送り、エレベーターのボタンを押す。

違和感に気づいたのは、その扉が閉まってからだ。

5

最上階へのボタンを押したあと、エレベーターに一人の男性が駆け込んできた。大きめのダウンジャケットにジーンズ、黒いハットという格好の三十代くらいの男だ。真琴は筋肉痛で痛む腕に鞭打ち、急いで開ボタンを押した。男は軽く会釈をし、操作盤を一瞥するとエレベーターの後方に背を預け、ポケットから取り出したスマートフォンをいじり始めた。くちゃくちゃとガムを噛む音が聞こえる。

違和感の正体が何なのか、そのときはまだ気づいていない。エレベーターが昇りきり到着音が鳴ったところで、はっと背中に寒気を感じた。

最上階には一部屋しかない。いま真琴が間借りしている、後藤の部屋だけだ。

箱の中で、ガムを噛む不快な音が響く。

扉が開いた。真琴は操作盤の前に立ち、開ボタンを押し続ける。背後にいる男が降りる気配はない。ひょっとしたら階数を間違えて、そのまま下に降りるつもりなのかもしれない。

怖くて振り返れない。ガムを噛む音だけが耳につく。

真琴は思い切ってエレベーターを降りる。バッグの中から鍵を取り出しながら、右奥にある部屋に早歩きで向かう。鍵穴に鍵をあてがう。だが動揺から手が震え、鍵がうまく入らない。焦れば焦るほど、手の震えは大きくなる。

「星子真琴さんですよね」

ガムの男に名を呼ばれた。真琴は驚いて動きを止め、ゆっくりと振り返る。男はくちゃくちゃと口を鳴らしながら、ハットのつばを上げた。男の手首が光る。髑髏(どくろ)を模したブレスレットが、悍(おぞ)ましげな雰囲気を醸し出していた。背中に嫌な汗が流れる。

「――人違い、じゃないですかね」

かろうじてそう答えると、男はダウンジャケットを捲(まく)し上げ、腰から光るものを取り出した。大ぶりのナイフだ。男性の靴くらいの刃渡りで、廊下の灯りを反射した切っ先が鈍く光る。

「え？」

助けを呼ぼうにも、この階には誰もいない。喉が異様に渇いた。男はガムを噛みながら、ナイフの先を真琴に向けた。懐かしい感覚が、胸に去来する。それがなんなのか、真琴はすぐに理解した。事故に遭ったあのときの――死と向かい合う感覚だ。

ガムを噛む男が微笑(ほほえ)んだ。

エレベーターの駆動音がして、ガムの男が反射的に振り返る。真琴は勢いで、手に持ったバッグを男に投げつけた。部屋に逃げ込もうかどうか悩んだがやめた。鍵を鍵穴に差し込んで回す、その一連の動作が淀(よど)みなくできる自信がなかったからだ。真琴はそのまま家の扉を左に折れ、奥にある屋上への扉を目指す。ここの鍵がかかっていないのは調査済みだった。真琴が扉を開けると、夜風が廊下に吹き込んでくる。扉を閉める途中、ガム男が走ってくる姿が見えた。真琴は即座に扉を閉め、ドアノブの鍵に手を伸ばす。だが手が震えているせいで、錠がうまくつまめない。

「ああん、もう！」

扉に受けた衝撃と同時に、錠がカチリと閉まった。真琴はその場で腰を抜かしそうになるのをなんとか堪(こら)え、屋上への螺旋(らせん)階段を登る。ガチャガチャとドアノブが回され、扉が乱暴に叩かれる。

警察に連絡しよう。後藤にも連絡を――。

そこまで考えて思考が停まる。携帯は、先ほど男に向かって投げたバッグの中だ。頭から血の気が引いた。扉が叩かれる音はまだ続いている。真琴は急ぎ屋上へと登る。見上げると、綺麗な満月だった。

突風が吹いた。真琴は思わずその場にしゃがみ込む。長い髪が横になびき、頭を持っていかれるのをなんとか抑えた。風がやむのを待ってから、立ち上がる。月を背にした男の姿が屋上に見えた。真琴はその場で固まってしまう。

ガムの男の仲間だ。いつの間に屋上に。

真琴は一歩後ずさると、そのまま階段を踏み外してしまった。螺旋階段を転がり落ちる。手すりに背中や腰をぶつけ、入ってきた扉に後頭部をぶつけた。大きな音がして、目から星が飛んだ。立ち上がろうにも、目が回って足元が覚束(おぼつか)ない。勢いよく背中を押され、前のめりに倒れる。見上げると扉の隙間から、ガムの男が真琴を見下ろしていた。男が何かを足元に捨てた。破壊されたドアノブだった。

真琴は急いで螺旋階段を駆け上る。だがふくらはぎはパンパンで、階段ひとつも登れない。手すりにつかまり、腕の力でなんとか登る。だがそれも長続きはしなかった。足首を摑まれ、身動きがとれなくなる。顔を上げると、屋上ではまだ月を背に男が立っていた。どちらにしろ、もう詰んでいた。

「焦(じ)らすんじゃないよ」

男はガムを嚙みながら、呼吸を整えている。手に持った大ぶりのナイフを、真琴の鼻先に向けた。その切っ先から、生臭い鉄の匂いがした。心臓が痛いほど脈打つ。

「おい」

ガムの男が、屋上の人影に声をかけた。万事休すだ。大の大人二人に挟まれたら、もう逃げ場はない。屋上の男は腕時計を気にしているようだった。

「おい」

ガムの男が再び呼びかける。「なんだ、お前は」

屋上の男を警戒しているように見えた。

仲間——ではないのか？

屋上の男は何も答えない。ガムの男は屋上を気にしながら、真琴の首筋にナイフを突きつける。

鋭い痛みを感じた。首筋を生温かい液体が伝う。本物だ。何かのドッキリであってくれという淡い希望は、すぐに消えた。痛みと恐怖で喉が渇く。声すら出ない。

「困っているか」

屋上の男だ。低い声だった。

「あ？」

ガムの男が威嚇する。

「女。助けが必要かと聞いている」

真琴はナイフを突きつけられている。頷けないし、声も出せない。

だから、目で訴えた。だが男の表情は月の逆光で暗く、その視線がどこにあるのかすらわからない。左耳のあたりが光った。ピアス、だろうか。

「時間がない。イエスと捉えていいか」

屋上の男はまた腕時計を見た。真琴はまばたきを繰り返し、精一杯主張する。

「運命の結末だ」

屋上の男は腕をこちらに向けた。真琴は思わず目を瞑る。乾いた音がビルとビルの合間にこだました。その後、背後で何かが倒れる音が聞こえた。おそるおそる目を開く。振り返ると、ガムの男が仰向けに倒れていた。額には、赤黒い直径一センチほどの丸印がついていて、後頭部から赤い液体がゆっくりと広がり始めている。

「え……」

しばらく見つめるも、倒れたガムの男はピクリとも動かない。

「女。用は済んだだろう。帰れ」

屋上の男は手に持った何かを内ポケットに収めると、奥へと消えた。

真琴はその場から動けない。足が小刻みに震える。横たわる男の口の中で視線が止まった。歯型のついたガムが、今にも転がり落ちそうな状態で舌先に載っていた。その目は、虚空のただ一点を見つめている。

この場から今すぐ離れたい。だが、扉はこの死体の向こうだ。これをまたぐ勇気はない。かといって、ずっとこの場で座り込んでいるわけにもいかない。何より、このガムの男といっしょにいるのが嫌だった。

真琴は立ち上がり、そっと螺旋階段を登る。屋上のあの男に、死体をどけてもらおう。そんなことを頼める雰囲気ではなかったが、帰るためにはそうせざるを得ない。

耳を澄ますも、遠くを走る車の音くらいしか聞こえてこない。月明かりの下、足音をたてないよう、つま先に神経を集中させた。手すりを持つ手が震えている。慎重に周囲の様子をうかがいながら階段を登り、屋上に顔を出す。男は真琴の視線の先、屋上の縁の方でうつ伏せになっていた。そこから動く気配はない。細長い棒のようなものが、男の手から伸びていた。

プスン、という空気の抜けた音が、ビルとビルの間にこだました。間もなく男が立ち上がったので、真琴は急いでしゃがみ込んだ。真琴はあれを、映画で見たことがある。父が好きなスパイ映画が脳裏をよぎった。

そもそも、この男は何者だ？

男は立ち上がると、ゆっくりとこちらに向かってきた。冷静に考えれば、先ほどのガムの男よりも、この男の方が得体が知れない。屋上に潜んでいた彼は何の躊躇もなく、ガムの男を撃った。本当に逃げるべきは、この男からだったのだ。対峙して初めて気がついた。死体を飛び越えてでも、真琴はここから去るべきだった。男は真っ黒な服を着ていた。

その黒衣の男が、真琴の目の前に立つ。まるで死神のようだ、と真琴は思った。

恐怖から、そこで意識が飛んだ。

6

ライトの光で目が覚める。

革のソファで横になっていた。打ちっ放しのコンクリートは見るからに冷たく、殺風景な部屋は無駄に広い。いや、部屋というよりも、小オフィスといった方がいい。

真琴が着ていたコートを胸に掛けられていた。服装は昨日、出かけたときのままだ。いや、今が何時なのかもわからないから、それが昨日なのかの確証も持てない。お腹の空き具合から、そこまで時間は経っていないようにも思えた。携帯はやはりない。背中や腰が痛む。二の腕には青い痣ができていた。

窓際にある小さな観葉植物に目が留まる。昨日の記憶を辿る。ジャズバーでピアノ練習の約束を取り付け、かんなと食事をしたあとマンションに戻って——。

ソファの正面に、正方形のカフェテーブルが置かれていた。その中央にはベルベット調の布が敷かれていて、端にはトランプが綺麗に積まれている。手に取って見ると、そこには女性のイラストが描かれていた。もう一枚めくる。吊るされた男のイラスト。トランプだと思ったが違った。これは。

——タロットカード？

「気がついたか」

いつの間にか開いていた正面の扉から、黒衣の男が現れた。銃でガム男を躊躇なく撃ち殺した、あの男だ。真琴はその目に射すくめられ、身動きがとれなくなる。男が何かを言いかけたところで、着信音が室内に響いた。男はポケットからスマートフォンを取り出すと、何やらそれを操作する。

「なんだ」

「なんだやあらへんわい」

男の言葉に、天井から関西弁の女性の声が聞こえた。「うちがあんたに電話かけるのに、特別な理由でもある思てんのか」

「死体の処理は」

「とっくに手配したわ。ほんま、余計な仕事増やしてよってからに」

関西弁の女性は嘆息する。倒れたガム男の姿が脳裏をよぎる。

「で、その女はどないしたん」

「ああ、今起きたようだ」

「……まだ、生かしとんのかい」

男の目が、真琴を見据える。左耳のピアスは、矢を思い切り引いている人馬――ケンタウロスで、なぜかそれが逆さまに付けられていた。

「現場見られたんやろ。今から掃除屋送るさかい、早よ殺りぃな」

「彼女は殺さない」

「は？」

「彼女は今日、死ぬ運命じゃない」

先ほどよりも深いため息が、スピーカーから部屋中に溢れた。

「あんた、占ったんかい」

「当然だ」

「もうええわ。だったら口を割らんよう、よう躾けといて」

「切るぞ」

「だからな与一、うちの電話、何の件や思うてんねん」

「なんだ」

「仕事や」

男――与一は、カフェテーブルの上のタロットカードを手に取り、じっと真琴を見つめた。与一が手を伸ばしたので、真琴は思わず目を閉じる。おそるおそる目を開くと、真琴が手に持っていた二枚のカードを取られただけだった。背中に嫌な汗が流れた。

「女は？」

「まだいるが」

「あんまり聞かれたないねんけど」

「このまま帰らせたら、躾もできないぞ」

「もうええわ。じゃあ、説明すんで」

「ああ」

与一はタロットカードを繰りながら答えた。

「一九＊＊年十二月八日生まれ、新潟県出身、渡嘉敷光一五十五歳。渡嘉敷島の渡嘉敷に、光る一。写真データはあとで送るけど、来週の火曜、夜九時に港南町二丁目のグスタフっちゅうレストランで少し大きめの会合があって、そこで幹事をやるみたいや」

与一はブツブツいいながら、繰ったカードを全て裏返しにして布の上に置き、広げた。そこから三枚のカードを選び、表にしてテーブルの上に置く。

「希望は交通事故。らしいけど、まあ、事故に見せかけられるんやったらなんでもいいらしいわ。期限は、再来月いっぱい」

「星が悪い。却下」

与一が言うと、スピーカー越しに落胆のため息が聞こえた。

「ええと、次は一九＊＊年三月四日生まれ、栃木県出身の朝倉勇樹、朝に倉庫の倉に勇ましい樹。二十九歳。若いのに成城に一軒家持っとる。今は海外におるみたいやけど、来月最初の木曜に帰国するみたいや。いつも海外行ったあとは成田から直接タクシーで成城の自宅まで帰るらしいから、そのときを狙って欲しいんやと。こっちも交通事故死希望で、タクシーの運ちゃんもろとも、ってのが条件や。最近多いな、このパターン」

与一は繰りなおしたカードをテーブルの布の上に広げると、またカードを三枚引き、それをテーブルの上に置いた。魚、王様、コインが描かれたカードだ。

「次」

女性のため息がまた聞こえた。

「次は、一九＊＊年一月二日生まれ、広島県出身、巌城寛治六十二歳。巌流島の巌に城、寛大の寛に治療の治。ヤクザ屋さんの組長さんや。これが依頼人で、こいつの命を狙いにくる殺し屋から身を守って欲しいんやと。期間は一ヵ月、一日も早よう引き受けて欲しいて、昨日から再三連絡受けとる。おそらく相手は、最近ぶいぶい言わしとる『組長殺し』やな」

「――次」

「あー、もうあとは別に急ぎの案件ちゃうから、データをメールで送っとくわ。占い終わったら、返事聞かせてや。今週中やからな」

「わかった」

「ちなみに、あんたの今日の運勢、聞いてもいいか？」

関西弁の女が尋ねると、与一はカードをまた繰りなおし、先ほどと同じ手順で計三枚のカードをテーブルの上に並べた。

「外出すればいいことがある。ただし、北には行かないこと。南が吉方。ドライブが良い。旅は道連れ、異性の同伴者がいればなおさらいい。様々な生き物から英気を充電すれば、明日への活力に繋がる。急な仕事は極力断った方が吉」

「先にそれ聞いときゃよかったなぁ。そういえば昨日は、人助けがなんちゃら言うてたな、自分」

「切るぞ」

「あんたなぁ、人の話は最後ま――」

与一がスマートフォンの画面をタップすると、スピーカーからの音声は突然切れた。

「ということだ」

与一はスマートフォンをズボンのポケットに収め、振り返る。

「――と言われましても」

何のことだかさっぱりだ。殺さないとか事故死希望とか、何やら物騒な言葉が飛び交っていた。会話の内容を整理すると、目の前の黒衣の男の名は与一で、関西弁の女性から殺しの仕事を斡旋(あっせん)され、受ける受けないは占いで決めている。女性よりも与一の方が立場が上なのか、決定権は彼にある。殺しの現場を見た真琴は、本来なら口封じのために殺されるようだが、彼の占いによると、真琴はまだ死ぬべきではないという。

目を閉じ、こめかみを強く押さえる。ひょっとしたら、タチの悪い夢を見ているのかもしれない。連日のピアノ練習で肉体も脳も疲れきって、変な夢を見ているのだ。そう思うと、急に体が軽くなった。浅いため息を吐く。

だが目を開けると、打ちっ放しの殺風景な部屋に引き戻される。時計も無いので、今が何時かすらわからない。

これからいったい、どうなるのだろう。

「あの……もう、帰ってもいいですか?」

思い切って尋ねてみる。

与一は腕時計を確認し「条件がある」と低い声で言った。

嫌な予感がした。

第3章

1

車の時計は午前二時を少し過ぎていた。不思議と眠くはない。車の型は古く、カーナビは付いていない。法定速度で、車は郊外へと進んでいく。

「あの……どこに向かってるんですか？」

車に乗せられて二十分、何の説明もない。だが与一は答えない。

真琴の推測は、確信に変わりつつある。

この与一という男は、堅気ではない。依頼を受けて人を殺す——殺し屋だ。ガムの男に躊躇なく引き金を引き、屋上でも狙撃銃を発砲していたことから、おそらく間違いない。

だが不思議と恐怖はなかった。ガム男から救ってくれたこともあるし、何より、殺すつもりならすでにそうしているだろうからだ。それに、隣でハンドルを握る男は無駄なことはしない人間だと、なんとなく思った。ただの勘ではあるが、こういうときの勘は大抵（たいてい）当たる。

会話の糸口を探していると、与一の耳が光った。

「それ、なんで逆さまにしてるんですか」

だが案の定、答えはない。

車は一度も信号に引っかからなかった。夜の街を駆け続ける。さすがに不安になる。

ふと耳を澄ますと、小さな音量で音楽が鳴っているのに気がついた。目を閉じる。ピアノのジャズのようだ。聞き覚えがあった。おそらく奏者は――。

「セロニアス・モンク」

「よくわかったな」

車に乗ってから、与一が初めて口を開いた。まさかここで返答があるとは思っていなかったので、それから先の言葉が思い浮かばない。

「音楽家か？」

与一が正面を見つめたまま言った。

「まあ、一応は」

答えて、果たしてそれが正しいのかと自問する。今の真琴は、いったい何者なのだろう。だがその答えを出す前に、さらに与一が尋ねた。

「楽器は？」

「ピアノです」

これは間違いない。だが、誤解しないよう「ジャズは専門じゃないですけど」と付け加える。

「なるほど」

そう言ったきり、与一は正面を向いたまま、アクセルを踏み続けた。車内では聞こえるか聞こえないかの音量で、セロニアス・モンクのラウンド・ミッドナイトが流れていた。

車が停まり、与一がサイドブレーキを上げた。ひと気のない、優に数百台は停まれそうなだだっ広い駐車場だ。だが車は一台も停まっていない。

「ここは……」

「動物園だ」

「動物園？」

与一の視線の先に、鉄格子の大きな門があった。

「動物園って、あのパンダとかライオンがいる」

「それ以外に動物園があるか？」

与一が車を降りたので、真琴もそれに倣う。

「こんな時間に開いてるわけないじゃないですか」

「以前、掃除屋に連れてこられたことがある」

そう言って与一は、大きな門の隣にある小さな門の前に立った。脇にある電子キーの蓋を開け、数字をいくつか押すと長い電子音が響き、小さな扉が開いた。

「掃除屋」

以前の真琴なら清掃業者を想像していたが、おそらくそれは、死体を処理する業者のことだろう。映画で見たジャン・レノが脳裏をよぎる。

そんな業者が動物園に来て何をする？　死体をライオンにでも食わせるというのか。想像して、思わずぞっとした。

——ひょっとしたら。

ここで真琴を殺し、動物に食わせるつもりなのでは。

その考えに至り、思わず足がすくんだ。

「どうした？」

小さな扉を開けたまま、与一が真琴を待っている。

「ええと……、な、なんで動物園に」

真正面から尋ねた。相手の反応をうかがう。逃げるなら、動物園に入る前の今しかない。

「充電だ」

「充電？」

思いがけない単語が返ってきたので、鸚鵡返しになる。

「今の俺は気が落ちている状態だ。その気を、他の生き物から分けてもらう」

「気が、落ちてる、状態」

真琴は与一の言葉を嚙み砕く。

「仕事の邪魔をされた。運気が下がりつつある傾向だ」

「人間からじゃダメなんですか」

「人は逆に気を遣う」

なるほど。他人と接すれば気を遣うし、人混みに行けば気が滅入（めい）る。うまいことを言う。

「気の充電を、異性の同伴者と行えと占いに出ていた」

「占い？」

そう言われてみれば、先ほど与一がそんなことを口にしていたような気がした。それに、逃げたら殺されるという漠然とした不安が真琴を襲った。仮に逃げ果(おお)せたところで、ここから街中まで歩いて戻るのは無謀だ。仕方なく門をくぐる。動物園に付き合うことが帰る条件なら、早く済ませればいい。

真夜中の動物園は静かだがどこか落ち着きがなく、真琴を不安にさせた。真琴と与一の他に誰もいない園内は、どこか世界の終わりを想像させた。何かで見たことがある、人類が死滅した世界。人間は生き残っておらず、動物だけが地球上に存在している近未来。檻(おり)の中にいる動物は寝息をたててはいるが、どの動物たちもみな真琴たちがその前を通ると、こちらの様子をうかがっているような気がした。檻の中にいるのは動物なのだが、動物園をひとつの檻だと考えれば、真琴たちもその中にいる動物の一種だ。その差がなんなのか、真琴はわからなくなる。

「お」

人の声がした。正面から、作業着を着た背の低い中年男性が現れた。

「なんや、様子見に来たんか」

男は右手を上げ、こちらに向かってくる。真琴に気づくと、「デートかいな」といやらしい目で与一を見上げた。二人は知り合いのようだ。

「今日は急ですまなかった」

「ああ、ええっちゅうねん。あいつらの食べっぷり見てたら、疲れも吹き飛ぶわ」

中年の男は茶色く汚れた歯をむき出しにして笑った。「ほな、楽しんで」

そう言って中年男は出口に向かって歩き始めた。黒くて大きいバッグを背負っていた。

「今のって」

「さっき話した掃除屋だ」

想像していたのと違う。振り返るも、その姿はもうなくなっていた。

そのまま真っ直ぐ進むと、ばりぼりという、何かが砕ける音が聞こえてくる。檻の前に立ち、中にいる動物の紹介プレートを見る。

「ベンガルトラ。食肉目ネコ科ヒョウ属。生息地、インド・ネパール・バングラデシュなど。絶滅危惧種指定生物」

檻の中は地下に深く、暗くて中が見えない。目を凝らすと、キラリと光る二つのものが見えた。思わず声が漏れた。

「チャンパーワットの人食いトラを知ってるか？」

「チャンパーワットの——人食いトラ？」

「十九世紀のインドとネパールで四百三十六人を食い殺したと言われるベンガルトラだ。実際にはもっといただろうがな」

「四百三十六……」

その数の人間を頭の中で並べてみる。ちょっとした小ホールの収容人数だ。

「それって、映画かなんかの話ですか？」

「実話だ。映画にもなっている。最後はイギリスのハンターに射殺されたらしいがな」

与一との会話中も、何かが引き裂かれ、砕かれる音が檻の中から聞こえた。風向きが変わり、檻の中の匂いが鼻に付く。獣と血肉、そして糞尿の匂い。これまでの与一と掃除屋の会話が、頭の中で一気に繋がった。思わず吐き気を覚え、檻から後ずさる。

「食べ残しは朝、飼育係が掃除してくれることになっている。そういう契約だそうだ」

そんな声を背中に聞きながら、真琴は急いでその場を離れる。呼吸を整え、しばらくの間、胃の中身が逆流するのをぐっと堪えた。ふと、外灯に取り付けられた監視カメラに目がいく。

「あれ、大丈夫なんですか」

「監視カメラは夜には止まる。掃除屋が金を渡している」

「――なるほど」

足元がふらつく。

「ちょっと、休憩してもいいですか？」

耐えきれず与一に声をかけ、シャッターが下りた売店前のテーブルに腰を下ろした。

意外にも与一が自動販売機でお茶のペットボトルを買ってくれた。一口飲むと、気分が落ち着いた。

「ありがとうございます」

「ピアニストと言ったな」

礼には何の反応も示さず、与一はテーブルの上を黒いハンカチではたき始めた。一通り埃を飛ばしたあとそのハンカチをテーブルの上に広げ、ポケットからタロットカードを取り出し、それを繰り始めた。

「名前は？」

「占ってくれるんですか」

実は、ずっと気になっていた。今の自分の運勢が、どんなものか。与一が目配せをしたので、彼の気が変わらないうちにと姿勢を正す。

「ええと、星子真琴です」

「漢字は？」

「お空の星に子供の子、真実の真に、お琴の琴です」

生年月日も尋ねられ、食い気味に答える。繰られたカードはハンカチの上で半円形に並べられた。

「好きなカードを三枚、選べ」

そう言われ、両端と真ん中のカードを叩く。与一はそれを一枚一枚表に返す。

翼の生えた女性と、雷が落ちる塔、壁に掛けられた九本の剣の前で顔を押さえる男。

「健康状態はあまり良くないが、回復の兆しにある」

「あ、はい」

合っている。回復という言葉に思わず口角が上がる。

「探し物はあるか？　あれば、そのうちに見つかる。いや、もう見つけているか」

「探し物」

そんなもの、あっただろうか。だがすぐには思いつかない。

「コンクールやオーディションを受ける予定は？」

ぎくりとした。「ええ、まあ、一応」と答えるので精一杯だった。

「時期は？」

「来月です」

「やめておけ」

与一が即答する。「百パーセント、失敗する」

「ちょっと待ってください。それ、本当に占いですか」

占いにしては具体的すぎる。それに、百パーセントというのはいかがなものか。決めつけにもほどがある。

「絶対だ。絶対に、君のオーディションは失敗する」

与一の声は自信に満ちていた。

真琴が会場でピアノを弾くも、審査員はみな苦笑いを浮かべる。一ノ瀬梨々香が落胆する表情。奇跡の復活劇はなかった。期待はずれ。そりゃそうよ、四年も意識不明だったんでしょ？　人並みにピアノを弾けるようになっただけでも評価してあげないと。どこかから、そんな声も聞こえてくる。夢で何度もみた光景だ。

自分でもわかっていた。ムーンのマスターやかんなは絶賛してくれるが、まだまだ自分の音が戻っていないことは。そしておそらく、これからも戻らないことも。

五年のブランクは、真琴が想像していた以上に大きな壁だった。それもただのブランクではない。そのうち四年は、まるっきりの空白なのだ。いや、空白どころか、マイナスでしかない。筋肉は衰え、神経の伝達回路も鈍っている。指先の動きひとつ取り戻すだけで、恐ろしい労力がかかっている。それに、人並みに弾けるだけではダメなのだ。いまや日本を代表するピアニストに成長した一ノ瀬梨々香。彼女が納得できるような演奏をすることが、真琴の目標だ。だが、その糸口は全くと言っていいほど見えていない。

そうだ。やる前から、結果はわかっていた。だが。

「そんなの、やってみなきゃわからないでしょう」

口をついたのは意外な言葉だった。自分でも驚いた。

「やる前にわかるのが占いだ。だが、その事実を受け止め、次にどういった行動をとるかで、新たな道が拓（ひら）ける。それから先は、君次第だ」

淡々と語る与一に、真琴は無性に腹が立った。自分で思うのはいい。だが、赤の他人から頭ごなしに否定されるのは癪（しゃく）に障った。

「それ、本当に当たってるんですか？　見たこともない占いですけど」

テーブルの上に広げられたカードを見ながら、真琴は与一にくってかかる。

「オリジナルだ。大アルカナ二十二枚、小アルカナ五十六枚のタロットに、十二枚のゾディアックを加えている」

言ってる意味が全くわからない。だが、きちんとした手順を踏んだ正式な占いらしいことは、なんとなくわかった。

「悪いことは言わない。オーディションを受けるのはやめておけ」

「受けるだけなら……」

「ダメだ」

取りつく島もない。

「受けたら、どうなるっていうんですか？」

与一は真琴を哀れむような目で見ると、またカードを繰り始め、テーブルの上に半円の形で綺麗に並べた。

「この中から好きなカードを一枚選べ」

真琴は右、左、右と指を動かし、真ん中のカードを選ぶ。黒い衣を羽織った骸骨のイラストだ。

「――ええと、これは」

「オーディションを受けたら、君は死ぬ。もしくは、命と同等の何かを失うことになる」

思っていたよりも重い代償に、真琴は二の句を継げなくなる。

「はっ……。そんな、死ぬって……」

与一の表情を見るも、真剣そのものだった。冗談を言っているようには見えない。

「回避する方法は……」

真琴が尋ねると、与一は無表情のまま言った。

「戦場で死なないようにするためには、どうすればいいと思う？」

突然の問いかけに、真琴は思考が止まる。与一は最初から真琴の答えを期待していなかったのか、そのまま続けた。「戦場に行かなければいい」

「逃げろってことですか」

「機会を待つのもひとつの戦略だということだ。でないと無駄死ににになる。ピアノのオーディションなんていくらでもあるだろう。次のチャンスを待てばいい」

言わんとすることはわかる。だが真琴はすでに年齢制限ぎりぎりで、世田谷国際に挑戦できるのは、今回で最後だ。確かに、オーディションやコンクールはいくらでもある。だが、五年前に真琴が受けられなかったのはこの世田谷国際だし、一ノ瀬梨々香が優勝したのもこの世田谷国際だ。彼女と競うには、この大会で本戦――少なくとも、オーディションを通過し一次予選に残る必要がある。でないと、この先彼女と勝負ができない。

それを与一に言ったところで、伝わるとは思えない。真琴は急に気分が冷めた。

「もう、帰ってもいいですか」

今まで無表情を通してきた与一の眉が、初めて動いたように思えた。

休憩所から出口までの間、お互いに無言だった。二人の足音だけが、静かな動物園内に響く。

駐車場に停めた与一の車の前に、二人の男女が立っていた。口髭を蓄えた、目つきが異様に鋭い男と、前髪を真一文字に切り揃えた女だ。二人とも、葬式帰りのような黒い服を着て、闇に溶け込んでいた。二人は与一と真琴の姿に気づくと顔を見合わせ、こちらに近づいてくる。

与一の知り合いだろうか。振り返ると与一は歩みを止め、腰元に手を伸ばした。

「動くな」

口髭の男が与一に向かって指をさし、その動きを制す。意外にも与一は腰から手を離し、両手を挙げた。

「賢明だ」

口髭の男が言うと、物陰からぞろぞろと、黒服の集団が現れた。総勢十名が手に拳銃を持ち、与一と真琴を囲む。真琴も釣られて両手を挙げる。

「占いで予想できなかったんですか、これは」

小声で尋ねる。与一は無言だ。

真琴は心中で嘆息する。巻き込まれてしまった。おそらくは、与一の命を狙う輩だ。殺し屋の彼に、大切な誰かを殺された恨みからの行動だろう。

「澤部(さわべ)は」

口髭の男が、真琴に向かって尋ねた。

「澤部？」

「黒いハットをかぶった男だ。髑髏のブレスレットをつけた」

すぐに見当がついた。ガムの男だ。

「そんなこと、今はどうだっていいだろう」

前髪の女が、口髭の男を睨(にら)みつける。

「そんなこと？」

口髭の男が、前髪女を睨み返す。

「澤部はこの女に接触を試みたはずだ。一時間おきに進捗(しんちょく)を報告するマメな部下が、かれこれ六時間、連絡がつかない」

「無駄だと気づいたんだろ。連絡は必要なときにすればいい」

前髪女が吐き捨てるように言った。口髭男の雰囲気が変わる。だが前髪女は気にもせず、一歩前に出て真琴をじっと見つめる。

「お前もそう思うだろ、星子真琴。それとも何か？　澤部を殺して埋めでもしたか」

真琴は与一を振り返る。与一は両手を挙げたまま、真琴に向かって小さく首を振った。喋るな、ということか。

それよりも。

この黒服たちはいったい、私に何の用があるというのだ？

2

口髭の男が、与一の左耳のピアスを銃口で撥ねる。真琴は首を傾げるしかない。

「何者だ？」

それは、こっちが聞きたい。

「こいつはなんだ？　お前の用心棒か」

車の後部座席に、与一と隣り合わせで座らされていた。その両隣には口髭の男と前髪を揃えた女がそれぞれ座り、さらに三人の黒服が、その前席で周りを囲うようにして座っていた。大型のミニバンだ。助手席と運転席の黒服を除き、残った黒服は後方を走る黒いセダンに乗っている。

車内の会話の内容から、口髭の男が黒村、前髪の女が舞姫と呼ばれているのがわかった。

与一は腕を組んだまま、黒服たちの問いには何も答えず、ただじっと目を瞑ったまま座っている。銃を突きつけられようが、全く動じていない。

「どうします？　こいつ、このまま連れていきますか？」

黒服の一人が、黒村に指示を仰ぐ。黒村は舌打ちをしたあと、答えあぐねていた。

「お前が判断できないんなら、悩む必要ないだろ」

舞姫が顔を正面に向けたまま言った。

「あ？」

「若に決めてもらえばいい」

「おい。西郷さんを若呼ばわりするんじゃねえ」

黒村が体を前に出し、舞姫を睨みつけた。

「若は若だ。お前、馬鹿か」

舞姫が吐き捨てる。黒村が舞姫に銃を向けようとしたところで、周りの黒服らに止められる。

車はそれから三十分ほど走り、見覚えのある通りに出た。まさか、と思っていると、案の定、真琴の自宅の前で停まった。黒服の数名が先に降り様子をうかがったあと、車を降ろされる。

「監視カメラは止めてある」

エレベーター内のカメラを見上げた真琴に、黒村が目も合わさずに言った。真琴と与一は手を後ろに結束バンドのようなもので縛られていた。マンションの住民に全く会わないのは、ただの偶然ではないだろう。

自宅の鍵は開いていた。促されるまま、土足で部屋に上がる。リビングに人がいてぎょっとした。黒村らと同じような黒服を着た男が二人と、ネイビーのスーツを着た男が一人。室内の引き出しという引き出しは全て開けられていて、その中身はフローリングの床にばらまかれていた。足の踏み場もない。

「西郷さん」

黒村が声をかけると、西郷と呼ばれた男がゆっくりと振り返った。白髪混じりの髪をオールバックにした男は、頬がこけ、黒村よりも凄みのある目つきをしていた。歳は五十くらいだろうか。

西郷は高そうな腕時計を確認し、首を鳴らしながら真琴、ついで与一を見た。

「この男は？」

「おそらくは、ボディガードかと」

黒村が即答する。

ちょっと待って、誰もそんなこと言っていない。だがそれを訂正する隙もない。

「自分の娘に護衛をつけていたということか」

真琴はその言葉の主語を補完し、はっとする。

「――父を、知ってるんですか」

西郷は口角を上げる。

「何か預かってないか」

「え？」

「なんでも構わない。父親が亡くなる前、何かを君に、託さなかったか」

「――何かって」

真琴は父との会話を思い出しながら尋ねた。父に託されたもの。

「簡単に言えば、それは俺のものだった。それを君の父親が持ち出して、そのまま死んだ」

「――父が、何か盗んだって言うんですか」

言葉にして、急に悲しい気持ちになる。一瞬で鼻の奥がつんとした。

一旦(いったん)弱気になるとこの異様な状況が急に恐ろしくなり、ほろりと涙がこぼれた。だめだ、弱みを見せてはいけない。そう思い強く瞼を閉じるもこみ上げてくる涙は止まらず、溢れ出てしまう。

「なんでもいいから、正直に答えて欲しい。でないと、この護衛の男を殺す」

西郷は表情を変えずに与一を見た。見慣れた自宅のリビングのはずなのに、そこはいつの間にか戦場になっていた。

だが与一は全く動じた様子を見せず、真顔で真琴を見つめ返す。

黒村が与一のこめかみに銃口を突きつける。撃鉄を上げる音が室内に響いた。

「人が死ぬ瞬間を見たことがあるか」

ほんの数時間前に見た。それもかなりの至近距離で。後頭部から血を流していたガム男——澤部のガラス玉のような双眸が、はっきりと脳裏に浮かんだ。

「三秒待つ」

西郷が言うと、黒村から嫌な気が与一に向けて発せられた。引き金にかけた指に力が入る。

「知りません。本当に、何も」

答えながら、記憶の中で父の言動や行動を掘り起こす。

父からもらったもの。衣服、小物、お金——。そのひとつひとつを頭の中で並べるも、西郷が言う「何か」には辿り着けない。

「たとえあったとして、この部屋になければ」

——受け取ってなどいないはずだ。

見たところ、棚という棚はもちろん、壁にかけられた額縁入りの写真やソファに置かれたクッションの中身まで、徹底的に探されている。母の遺影が飾られた仏壇もだ。怒りよりも恐怖が勝る。そのことが情けなかった。

ここまでやる必要があるのか？　それほどまでに、その「何か」は大事なものなのか。

「そんな答えで済まされると思うか？」

そう言ったあと、与一に視線を移した西郷は、眉根を寄せた。

「少しも怖れてないな、お前」

西郷が無表情の与一を見つめながら言った。

「おい」

黒村が突きつけた銃で与一を小突く。与一は真顔で黒村を睨みつけていた。

「銃を突きつけられた人間の反応は二つある。恐れおののくか、強がるか。だがお前は」

西郷が与一を睨みつけた。「何も感じてない」

与一は浅いため息を吐くと、「今日は俺の命日じゃない」と小さく答えた。黒村と舞姫の表情がより険しくなる。

「お前、ふざけてんじゃねえぞ」

黒村が興奮した様子でこめかみに突きつけた銃を押し付ける。それでも与一の反応は変わらない。黒村は顔を真っ赤にし、与一の腹に膝蹴り（ひざげ）りを食らわせた。体がくの字形になったところへ、さらに一発、二発。与一は後ろ手を縛られたままなので、されるがままだ。膝をついたところで、さらに腹を蹴り上げられる。与一は痛みに顔を歪ませるも、怯えた様子は全くない。

「面白いな」

西郷だけが、静かに笑っていた。「いい用心棒を雇ったな、星子は」

そう呟くと西郷は黒村を手招きし、彼が持つ銃を手に取った。銃身についた蓮根（れんこん）のような部分を押し出し、ひとつだけ弾丸を残すと、それを黒村と与一に見せつけ、また装塡(そうてん)した。

「ほれ」

西郷は銃の柄の部分を黒村に向ける。

「え？」

黒村は青い顔をして動きを止めた。

「このまま殺しても芸がない。今日が命日かそうじゃないか、これで決めろ」

「俺とこいつで、ですか」

黒村が息を吞(の)んだ。西郷が笑う。

「俺からでいい」

与一が体を起こし、西郷に向かって言った。「お前でいい。引き金を引け」

西郷は口角を上げると銃を持ちなおし、後ろ手に縛られ片膝をついた与一の額に銃口を突きつける。

「いいのか？」

「早くしろ」

ガチャン、という乾いた鉄の音がした。緊張感のあと、空気が緩んだのを肌で感じる。

「人が死ぬ瞬間を見せてやるよ」

西郷が楽しそうに笑う。普通じゃない。真琴は一瞬で背筋が凍った。止めて欲しいのに、声が出ない。

「黒村」

西郷は黒村に銃を差し出す。与一が口を開いた。

「もう一度だ」

「あ？」

「もう一度やれ」

「お前、死にたいのか？」

西郷が眉の根に皺を寄せた。

「今日は死なない」

与一が答える。西郷はまた与一の額に銃口を突きつけ、引き金を引く。乾いた音が室内に響く。

「もう一度」

間髪容れずに与一が言った。ガチャン。西郷がまた引き金を引く。

「もう一度」

ガチャン。

「もう一度」

ガチャン。

脇でその様子を見ていた黒村が、大きく息を吐き出した。それを見て、真琴も呼吸を忘れていたことに気づく。

「お前の番だ」

与一が黒村を見上げる。黒村は口をあんぐりと開けたまま、西郷を見た。西郷は声をあげて笑い始めた。

「だそうだ」

西郷は笑いながら、銃を黒村に手渡す。

「どうせ、弾なんて最初から……」

そう言って黒村は引き金を引いた。大きな爆発音とともに、液晶テレビの画面が割れた。銃口からは白い煙が立ち上っている。一番驚いているのは、引き金を引いた黒村だった。

黒村は青い顔をしたあと顔を真っ赤にし、与一に向き直る。

「西郷さん。こいつ、殺していいですか」

沈黙のあと、西郷が口を開く。

「ダメだ」

その言葉で真琴は静かに安堵する。だが。

「ここではな」

続いた言葉に、目の前が真っ暗になった。黒村は嬉しそうに口角を上げ、黒服らに指示を出す。黒服らは与一の両脇を抱え、部屋の外へと連れ出していく。

「聞けるだけの情報、引き出しとけよ」

西郷が黒村の背中に投げかけた。黒村はゆっくりと頷き、部屋をあとにした。

「ちょっと」

彼は関係ない。だがそう否定したところで、西郷は信じないだろう。巻き込んでしまったという罪悪感が、真琴を襲った。与一は出会ってすぐに人を殺す危険な人物ではあったが、真琴をガムの男から救ってくれたのは事実だ。

「突然訪れて悪かった。まあ、今日はほんの挨拶代わりだ」

そう言うと西郷はポケットの中から何かを取り出し、真琴の足元に放り投げた。「騒がせてすまなかった」

見るとそれは、一万円札の束だった。それが二つ。

「舞姫」

西郷が呼ぶと、壁際に体を預けていた舞姫が一歩前に出る。「彼女を傍に置いておく。何か思い出したら、彼女に伝えてくれればいい」

そう言って西郷は、真琴の反応を待たずに静かに部屋を出た。

散らかった部屋に残されたのは、真琴と舞姫と、放り投げられた百万円の束が二つ。背後に回った舞姫が、真琴の腕を解放した。

「とりあえず」

舞姫が札束を拾い上げる。「朝食でも食べに行くか」

3

「まさか、本当に来るとは思いませんでした」

日本橋にある、新しくできた高級ホテルの二階で、舞姫は姿勢正しくエッグベネディクトにナイフを入れている。

「朝食は大事だ」

モーニングビュッフェでサラダを中心に頬張る舞姫の姿からは、先ほど感じた威圧感は無くなっていた。

「食べないのか」

「ああ、いただいています」

「もっと食べろ」

舞姫はモリモリとサラダを食べながら言った。だが正直、食欲がない。

「どうした？」

舞姫が尋ねたので、真琴は思い切って口にする。

「あの、私といっしょにいた男の人って、どうなるんですか？」

「お前の用心棒か？」

「いや、用心棒ってわけじゃ……」

「今頃は東京湾か、餌だな」

「餌？」

その先の説明を待つも、舞姫の口は動かない。不意にベンガルトラを思い出し、吐き気を催す。

「まあ、殺す前に何か情報を引き出してるはずだ。じきにあの馬鹿から連絡が入る」

あの馬鹿とは黒村のことだろう。だがそれよりも、あの人は全く関係がない。そもそも、真琴だって関係ない。父から預かったものなど、何もないのだ。やりきれない気持ちがふつふつと湧いてくる。

後藤のマンションに戻ると、エントランスで体育座りをしている女子高生の姿があった。その顔を覗き呼びかけると、かんなは勢いよく立ち上がる。ツインテールがうなった。

「ま、真琴さん」

かんなは目に涙を溜めながら、真琴に抱きついた。「け、携帯に連絡しても繋がらないし、インターフォン押しても出ないから、私、嫌われたのかなって……」

「何言ってるの、そんなことないから」

わんわんと泣くかんなの背中をぽんぽんと叩き、落ち着くのを待つ。舞姫は冷ややかな目でその様子を見つめていた。

「――こちらは」

泣き止んだかんなが洟をすすりながら、真琴の隣に立つ舞姫を見る。

「えーとね、話すと長くなるんだけど」

話していいものかどうか、舞姫の様子をうかがう。舞姫の目は据わっていた。

「こいつは？」

「初対面で、こいつ呼ばわりはないんじゃないですか。私は、真琴さんの友達ですけど」

かんなが一歩、前に出た。舞姫が視線を寄越す。真琴は頷き返した。

「ご存じだとは思いますけど、真琴さん、ちょー病み上がりなんです。こんな朝方まで連れまわしていいわけないんですけど。あなたこそ、真琴さんの何なんですか？」

「遠縁だ」

一瞬の間のあと、舞姫が返した。かんなが無言で真琴に確認するのだが、頷くしかない。

「あー、親戚(しんせき)の方でしたか。それは大変失礼いたしました。ですけど、だったらなおさら真琴さんの体のこと、一番に考えるべきなんじゃないですか？」

ねちっこいかんなの言い草に、舞姫がイラついているのがわかる。

「母方ですか？　父方ですか？」

さらにかんなが尋ねる。

「お前にそれが関係あるのか？」

二人が睨み合う。出勤途中のサラリーマンが、エレベーターから降りてきた。こちらを見て驚いた顔をしたあと目を逸らし、そそくさとエントランスをあとにする。

「とりあえず、部屋に入りましょうか」

朝からいい近所迷惑だ。エレベーター内でかんなから「なんかこの人、感じ悪くないですか？」と耳打ちされた。とりあえず、苦笑いを返すしかない。

真琴のバッグは、昨日投げつけたままの状態で廊下にあった。中に入っていた携帯電話には何十件もの着信履歴が残っていた。後藤からが一件、あとは全てかんなからだった。屋上への扉のドアノブは、何事もなかったかのように元通りになっていた。部屋の方は荒らされている様子はない。一旦はほっとする。

「真琴さん、私もいっしょにいていいですか？」

舞姫が部屋を観察中、かんなが真琴に寄り添う。

「別に、構わないけど」

「じゃあとで着替えとか持ってきますね」

「え？」

「え？」かんなが目を瞬かせる。

「どういうこと？」

「どういうことって、決まってるじゃないですか」

「まさか、いっしょに暮らすってこと？」

かんなは「そうですが何か」という顔で真琴を見つめた。

「だって、あの人もしばらくここに住むんでしょ？」

そうなのだろうか？

――彼女を傍に置いておく。

西郷の言葉はどうとでも取れた。ソファに腰を下ろす。その瞬間、どっと疲れが湧いた。

「真琴さん」

かんなが真琴の顔を覗き込む。何かを言っているのだが、その言葉が全く耳に入ってこない。

途中、気を失っていたとはいえ、ほぼ一晩中起きていたのだ。急激な眠気に襲われ、眩暈がした。

「とりあえず、シャワー、浴びてくる」

欠伸(あくび)混じりでそう答えるので精一杯だった。実際はそのまま、ソファで眠りに落ちていた。

4

「西郷、ねえ」

後藤は二度首を傾げ珈琲を一口飲むと、「いや、聞いた覚えはないな」と返した。

ムーンで練習をしたあと、後藤から話を聞こうと待ち合わせたカフェだ。病院のすぐ目の前にあり、ちょっとした息抜きに利用する病院関係者も多いらしい。

「どんな些細なことでもいいです。ひょっとしたら、偽名を使ってたかもしれないし」

「どんな男だった？」

「五十代くらいの痩せ型で、髪は白髪混じりのオールバック。で、なんというか、すっごい迫力で。あと、黒い服を着た集団を従えてて……あ、私の斜め右後ろの、前髪揃えた、色白の」

「あー、あの綺麗な人？」

後藤がちらりと視線を動かす。

「あの人もその集団の一人で。昨日からずっと監視されてるんです」

「あっちの子もさ、こっち見てない？　確か、深月さんの娘さん」

振り返り、真琴を挟んで舞姫と逆側に座る女子高生を見る。かんなだ。

一人で後藤と会うつもりだった。だが二人とも真琴から離れないと喧嘩になり、同席すると言い始めたので店内の別の席で待ってもらうことで落ち着いた。もちろん、かんなと舞姫が同じ卓に座るはずはなく、それぞれ離れた席から真琴を見守っている。

「ちゃんとお礼は言った？」

後藤は以前、真琴が倒れたときに救ってくれたかんなに会っている。

「もちろん」

「こう言っちゃなんだけど」

後藤が小声になり、口元に手を添える。「全然似てないね」

「生まれたときから十ゼロで母親似だって言ってました」

「で、実際は？」

「え？」

「実際、星子から、何か預かってるの？」

話が元に戻る。後藤は時計を気にしていた。手術の予定でもあるのかもしれない。

「あれから考えたんですけど、何にも思いつかないんですよね」

「ものじゃない可能性は？」

「——たとえば？」

「言葉、とか」

「言葉、ですか」

後藤はゆっくりと頷く。

「どこそこに行けば何かあるとか、言葉そのもの、とか」

しばらく考え込むも、それらしいことを言われた記憶はない。

「あと、何かその西郷という男から条件を出されたりはしなかった？」

「条件ですか」

「期限、とか」

「それはなかったですね。何か思い出したら、舞姫さんに教えろって言われたくらいで」

「そうか」

後藤は何かを考え込んでいる様子だった。テーブル上の後藤の携帯が震えた。後藤はそれを一瞥すると、液晶画面を伏せる。

「大丈夫ですか」

真琴が尋ねると後藤は小さく頷く。

「警察には？」

真琴は舞姫の様子を確認したあと、後藤に向かって前のめりになる。

「一応、かんなちゃんといっしょに相談には行ったんですけど……警察の人に、怒られちゃいました」

「怒られた？」

「部屋が、綺麗に片付けられてたんです。ほんと、荒らされた形跡が一ミリも無いくらい」

「一ミリもって……テレビを拳銃で撃たれたんだろ？　銃声を耳にした人もいるんじゃ」

「うち、私がピアノ弾くんで防音仕様なんです。あの銃声も外には漏れてなかったみたいで……。それに、テレビも新しいのに買い換えられてました。しかも、五十インチだったのが、六十五インチに」

後藤は口を開けたまま固まっている。

「マンションの監視カメラの映像も調べてもらったんですけど、不審な人物は映ってなくて。警察も暇じゃないからね、って嫌味っぽく言われて」

「相手の方が何枚も上手だな」

後藤は大きなため息を吐き、肩の力を抜いた。「こうなったら、こっちはボディガードでもつけるか」

その言葉で与一を思い出す。動物に食べられる彼の肉片が脳裏をよぎる。

「どうした？」

「いえ、なんでも」

真琴はそう言って後藤に気づかれないよう、不意に出た涙を人差し指で拭う。

「ちょっと調べて、また連絡する」

また後藤の携帯が震えた。「すまない。もう行かないと」

後藤は立ち上がり、かんなと舞姫に向かって軽く頭を下げた。二人は面食らった表情を見せ、形ばかりに頭を下げた。

「こんなことを言うと失礼だが」

後藤が耳打ちする。「いつの間にか友達が増えて、楽しそうだなと思ってしまった」

「友達なんかじゃ」

「星子もそうだったよ。あいつの周りにはいつの間にか人が集まってて、いつも賑(にぎ)やかだった」

そう言って後藤はレジに向かった。あとでわかったことだったが、真琴はもちろん、かんなと舞姫の会計も後藤が済ませてくれていた。

「大人って感じですね」とかんなが感心していた。


そのまま家電量販店へ赴き、八十八鍵の電子ピアノを購入した。最近の課題は、持久力だ。今の真琴が弾けるのはせいぜい四分から五分が限度で、それ以上になると腕が上がらなくなり、指がもつれてくる。

「基礎的な筋力が足りていない」

演奏を見た舞姫が言った。かんなは「あなたに何がわかるんですか!」と食ってかかったが、正論だった。オーディションでは課題曲を二十分の間で弾き終わらなければならない。逆に言えば、二十分間弾き続けなければならないのだ。あと四倍以上の時間、一息に弾ける筋力を取り戻さなければならない。そう考えたら、昼のムーンだけでの練習では足りなかった。家でも弾き続けなければ、オーディションに間に合わない。後藤が知ったら烈火のごとく怒るだろうが、その分体調管理に気を遣えばいい。

すぐに弾きたかったので、電子ピアノは持ち帰りにした。だが思っていたよりも重く、かんなと二人がかりで、なんとかタクシーに乗せることができた。その間、少しも手伝わない舞姫を見て「本当に親戚なんですか」とかんなが疑問を寄せた。真琴は助手席に座る舞姫に視線を送りながら「応援はしてくれても手助けしてくれないタチなの。本人のためにならないって」と、それらしい言い訳を添えた。遠縁という設定はまだ活きている。

家に戻ってからテーブルの上に電子ピアノを置き、とりあえず指の練習にとハノンを奏でた。弾き続けるうちに腕に張りを感じるようになったので、筋肉をほぐしたり、湿布を貼ったりしながら練習に没頭する。

――絶対に、君のオーディションは失敗する。

与一が残した言葉が脳裏をよぎる。真琴の指先を鈍らす。縛りつける。呪縛(じゅばく)だ。気にしないようにすればするほど、その言葉は真琴を締めつけた。占いなど信じてはいないが、彼の言葉はなぜか真琴の心に残っていた。

思考を切り替える。次に浮かんだのは、父と西郷の関係だ。

あそこまで部屋を荒らし、誘拐まがいのことをしたのだ。並々ならぬ関係なのは間違いない。だが父から西郷についての話を聞いたことなど一度もない。ひょっとしたら、真琴が意識を失っている四年の間に知り合ったのかもしれない。だとすれば、何のために？　二人の関係性は？　父が私に預けたもの――。

真琴には何の見当もつかない。父の知り合いで、いま真琴が唯一連絡をとり合っている後藤も知らないというのだ。八方塞がりだった。

ピアノを弾いていると、思考が働く。何もしていないときよりも、頭の中がクリアになり、考えがまとまる。鍵をひとつひとつ追っていると、これから何をしなければいけないかが明確になる。終わりのない曲はない。

とりあえず、いま真琴がしなければならないことはただひとつ。二十分間ピアノを弾き続けられるようになること。

それだけだ。

5

「お前の用心棒だが」

練習を終えヘッドフォンを外したところで、舞姫に声をかけられた。夕方に後藤から提案されたボディガードのことかと一瞬思ったが、彼女にその話は聞かれていなかったはずだ。

「どうやら逃げたらしい」

その言葉で、それが与一のことだとわかった。

「え」

「さっき黒村から連絡があった。あの馬鹿、どうやら途中で取り逃がして、今までずっと探してたらしい。お前のところに連絡は？」

「いいえ、何も……。それに何回も言いますけど、与一さんは用心棒なんかじゃないですから。たまたま助けられただけで」

「今、なんと言った？」

舞姫の顔つきが変わった。

「だから、用心棒じゃないって……」

「その前だ」

「えっと……与一さん？」

「あいつが、与一か？」

「ええと……与一さん、ですよね。左の耳に逆さまのケンタウロスのピアスをつけた」

舞姫は息を吞み、確かにつけていたかも、と呟いた。

「与一さんのこと、知ってるんですか？」

一瞬凄い目つきで睨まれたあと、舞姫が口を開く。

「凄腕の殺し屋だ。凄すぎて、誰も姿を見たことはないと言われている。都市伝説の類いに近い。射撃の腕が一流で、三キロ離れた場所からでもターゲットを的確に捉えるという。連絡先も不明だが、一度受けた仕事は百パーセント遂行する。あの千手と同レベルの化け物だ」

「千手？」

舞姫の携帯が震えた。真琴の問いには答えず、舞姫は携帯を手にそのまま部屋を出ていった。

与一はやはり、殺し屋だった。それも凄腕ときた。舞姫の説明を聞き、ふと学生時代京極に勧められ観たオペラ『魔弾の射手』を思い出した。悪魔と取引をし、百発百中の魔弾を手にした男の物語だ。

「どうかしました？」

寝ぼけ眼で、かんながリビングに現れた。なんでもない、と彼女を寝室まで送り、少し開いたカーテンから窓の外を見る。月が綺麗だった。

第4章

1

スコープから彼方(かなた)の海岸を眺めた。

波はそこそこ高い。風が強く、海から遠く離れたこの場所まで潮の香りがした。それまで海面を照らしていた月が、雲に隠れた。

広いバルコニーの端に横たわり一時間。セットした狙撃銃のスコープは、暗闇でも昼間と同じように見える最新型だ。波打ち際に捨てられた缶ビールのロゴまでくっきりと見える。そのうちに、海岸沿いに車が三台、後ろ向きに停車した。スコープに集中する。黒いジープに白のフォルクスワーゲン、黄色いランドクルーザー。車種とナンバープレートを確認する。あのワーゲンで間違いない。

ワーゲンから、刈り上げで顔の長い男が現れた。無精髭で唇が厚く、精悍(せいかん)な印象を受けた。男は他の車から出てきた仲間たちと楽しげに言葉を交わしながら、車のトランクを開ける。寒そうに体を震わせながら、ドライスーツに着替え始めた。こんな一月の寒空の早朝から、わざわざ海に出る神経が与一にはわからない。男たちは着替え終わるとサーフボードを手に、それぞれ海に出始めた。他に人影はない。左耳のピアスに触れる。半人半馬のケンタウロスを模したピアスで、与一はそれを逆さまにつけていた。ある占い師の助言によるもので、そうすることで運気が上がると言われた。それから実際にいくつかの大きな仕事を立て続けに成功させ、業界内での与一の評判は格段に上がった。

しばらくの間、三人がサーフィンを楽しむのをスコープ越しに眺めた。

「今日、むちゃくちゃいい波きてますね」「浜さんも連れて来ればよかったなこれ」

「今頃はまだ麻布でガンガン飲んでるよ」「あの人寒いの苦手だから絶対来ねーよ」

「本物のサーファーじゃねえよ、あの人」「あーお前それ、浜さんにチクるからな」

この仕事を続けるうちに、自然と唇が読めるようになった。その言葉は脳内でそれぞれの声を伴って再生され、実際にその場にいるような感覚に陥る。その状態は集中力が高まり切った合図でもあった。

「運命の結末だ」

今回のターゲットである無精髭の唇が厚い男、吉田友一に照準を合わせる。吉田は他の二人と適度な距離を保ちながら、波に乗り続ける。

波が途切れ、吉田がボードとともに波に沈み始める瞬間——与一は二度、引き金を引いた。消音器で極限まで抑えられた発砲音が防風林に反射し、ぷすんぷすんとこだまする。すぐに、スコープ越しに見えた吉田の頭がぶれ、そのまま海に沈んでいった。今回使用したのは特製のゴム弾だ。直撃でも死にはしないが、気を失わせるには十分な代物だ。

与一はスコープを覗きながら、腕時計のボタンを押した。他の男たちは異変に気づく様子もなく、それぞれ波乗りを楽しんでいた。主人をなくした吉田のサーフボードは、しばらくその場で波に揺られ続けていた。

腕時計が短い電子音をたてる。五分が経過した合図だ。吉田の姿はなく、サーフボードがただ冬の海に揺蕩（たゆた）っていた。

与一はスコープから視線を外し、大きく息を吐く。白い息が風になびいた。バッグから無線機を取り出す。また心が軽くなった気がした。

「今終わった」

「――ご苦労さん。ちょい待ち。確認するわ」

神宮寺が欠伸をかみ殺しながら、無線機越しに答えた。与一はライフルの分解作業に入る。もともと入っていたケースにパーツをひとつひとつ収める。全て入れ終わり、トランクを閉じたのと同時に無線機が鳴った。

「お仲間が気づいて砂浜にターゲットを運びよったけど、もう完全に事切れとるな。おつかれちゃん、終了や。んで、さっそく次の仕事の依頼やねんけど」

「お得意さんか」

仕事終わりに立て続けで次の仕事の話をするのは珍しい。だがその大半は金払いのいい顧客だと決まっている。

「ま、そんなとこや。早めに可否知りたいんやと。内容は」

「ちょっと待って。五分後にかけろ」

　そう言って与一は建物の中に入り、リビングのテーブルの上にタロットカード一式を備える。五分ちょうどで神宮寺から電話が入った。

「ええか」

「ああ」

「いくで。ええと、一ヵ月後の土曜の午後五時、オウルシティ世田谷っちゅうコンサートホールでピアノのオーディションがあるらしいんやけど、そこの参加者の一人を、確実な方法で殺して欲しいんやと。殺し方の指定はなし、ただ、殺しのタイミングはそのオーディションが終わったあと、やって。ターゲットは一九＊＊年九月九日生まれの二十八歳、東京都世田谷区出身の、星子真琴っちゅうピアニストや」

2

「聞いてるか？　どないやねん」

　占いの結果は受けてよし、最良の仕事と出た。受けない理由はない。

「わかった」

　スピーカーから、神宮寺の安堵のため息が聞こえる。

「ほな、ターゲットの詳細はメールで送っとくわ。今回、金払いのいいお得意さんやから、いつも通り、丁寧にな」

　事務所兼自宅に戻り、メールを確認する。神宮寺から星子真琴のプロフィールが届いていた。

添付された顔写真を見る。やはり先日、屋上での狙撃中に出会った女性だ。動物園についてきてもらった、女性のピアニスト。

神宮寺のデータによると、ターゲットの星子真琴は五年前に交通事故に遭い、心臓移植手術で一命を取り留めたものの、それから四年もの間、意識不明の昏睡状態に陥っていた。覚醒して十ヵ月、リハビリを終えた彼女は最近注目を集めている国際ピアノコンクールのオーディションに出場することで、ピアニストとしての再起を図っているようだ。しかもそのコンクールというのが、五年前に彼女が事故で受けられなかったコンクールだという。

彼女がこのオーディションに執着する理由がわかった。

依頼人の情報は全くない。匿名案件だ。だが、神宮寺の話によればかなりのお得意さんらしい。星子真琴がそんな裏社会に精通する人物から個人的な恨みを買っているとは思えなかった。オーディションということから、彼女の活躍を妬む参加者か関係者、もしくはその近親者が、代理人を介して依頼したのかもしれない。

彼女がどんな演奏をするのか気になり、ネットで「星子真琴」と検索した。上位に彼女のホームページ、その次に彼女の演奏シーンの動画が表示された。動画のタイトルは『交通事故で昏睡状態になった天才ピアニスト・星子真琴の最後のショパン』。

再生ボタンを押した。スピーカーに繋げ、音量を上げる。

星子真琴は黒いドレスを着ていた。先日見たときよりも健康的で髪が短く、ふっくらしている。ふっくら、といってもこの前会った星子真琴に比べたらという意味で、画面の中の彼女は痩身の部類に入る。

拍手の中ピアノ椅子に座り高さを調整、深呼吸をしたあと、星子真琴は鍵盤に指を落とす。

その演奏は、凄まじいものだった。

見た目は可愛らしい女の子なのだが、ピアノに向き合うとそれが豹変し、この世のものとは思えない指使いが、鍵盤の上で踊る。時折観客席が映し出されるのだが、中には涙を流しながら聞き入っている人もいた。審査員らしき年配の男女がお互いに見つめ合い、驚きを隠しきれない表情で頷き合っていたりもする。

これは確かに、他の参加者にしてみれば脅威だろう。

五年のブランクがあるとはいえ、要注意人物には変わりない。逆に観客や審査員からしてみれば、この感動を再び味わうことができるのだ。たとえそれが難しくても、彼女ならこの逆境をどう自分の音に変えるのか、楽しみにしているファンもいるだろう。実際、少し動画を見ただけの与一ですら、今の彼女がどんな曲を奏でるのか、気になり始めていた。

不意にピアノを弾く陽菜の姿が脳裏に蘇り、動揺した。

気を取りなおし、さらに検索する。

星子真琴と同じ生年月日で活躍する女性ピアニスト、一ノ瀬梨々香に行き着いた。星子真琴が出場するはずだった第三回世田谷国際ピアノコンクールで優勝、それからはトントン拍子に名のある国際コンクールの数々で入賞していた。

過去を遡ると、ことあるごとに星子真琴と比較されていた。同時代、全く同じ日に生まれた二人の天才。だがここ二、三年の間でその話題は消えていた。二人の活動は、きっちりと明暗を分けていた。

3

翌日、会場となるオウルシティ世田谷を訪れた。正しい占いをするためには場所の下調べを行い、イメージを摑んでおく必要がある。この作業を怠ると、成功するものもしなくなる。逆に言えば下調べを行い、状況を十分把握した上で占いを行えば、狙撃の日時とポイントの割り出しが容易になり、より精度の高い結末を導くことができる。

想像していたよりも豪華な会場だった。パンフレットを見ると、この会場目当てで海外の著名な音楽家がこぞって来日し、こけら落とし以降、日本最高峰のコンサートホールと言われているらしい。単純にここでの演奏に興味が湧いた。掲示物によれば、今日の十八時から交響楽団のコンサートが開催されるらしい。受付嬢に尋ねるとチケットはすでに完売しているらしく、開場まで待てば、ひょっとするとキャンセルになった当日券を販売できるかも、ということだった。

また時間を置いて戻ると言い、与一は会場を散策する。スタッフの目を盗み、ホールに入り込もうとすると、見た顔が現れた。黒服を着た、前髪を真一文字に切り揃えた女。舞姫だ。与一はとっさに顔を背け、柱の陰に隠れる。だが気づかれたのか、舞姫は与一の方へと真っ直ぐに向かってきた。与一は踵(きびす)を返し、早歩きで舞姫から離れる。大型の楽器を運ぶ集団に紛れ、そのままホールに入った。目の端で、エントランスを闊歩(かっぽ)する舞姫の姿が見えた。扉が閉まる。

中ではリハーサルが行われていた。目に付いた座席に座る。隣に先客がいたので、関係者然として頭を下げた。相手も軽く礼を返した。

舞台上にはオーケストラの楽団員が、普段着で談笑していた。客席には関係者らしき人物たちがちらほら。先ほど受付嬢から仕入れた情報だと、このホールの定員数は千六百三十二。前方正面の遥か上部に設置された大きな三角形の窓から差し込む光が、舞台上の奏者を神々しく照らしていた。

「じゃ、頭からもう一回」

指揮台に立つ男が、指揮棒を振る。静かに、重厚な音の波が会場に響き渡る。中でもピアノ。ワンピースを着た、栗色の髪の女性の迫力は別格だった。オーケストラに合わせてはいるが、その凄みは隠しきれず滲みでている。手に持ったパンフレットを見てなるほどと一人納得した。

乱暴に扉が開かれる音が背後から聞こえた。与一はとっさに椅子に深く座る。そっと様子をうかがうと、舞姫が血走った目でホール内を舐めるように見つめていた。だがすぐに警備員らに見つかり、両腕を抱えられ外に追いやられた。

「油断も隙もない」

隣の女性が、背もたれに身を隠しながら暴れる舞姫を見つめ呟いた。ため息をひとつ吐き、与一の方に顔を向ける。

「あ」

同時に声が出た。その後も二人同時に背後をそっと観察する。舞姫が完全に姿を消したところで、安堵のため息を吐いた。これも同時だ。相手を見る。先日動物園に付き合ってもらった女性――星子真琴だ。髪が短くなっているが、間違いない。

星子真琴は口を開きかけたあと首を小刻みに振り、それからいきなり泣き出した。与一は周囲を確認したあと、そっとその泣き顔を覗き込む。

「どうした？」

尋ねると、星子真琴はうつむき首を振り、しばらく洟をすすったあと、「いや、なんかほっとして」とこぼした。与一は訳がわからず、首を傾げる。

「私のせいで、本当、すみませんでした」

星子真琴が深々と頭を下げた。「あと、助けていただいてありがとうございました」

「謝罪も礼も、言われる筋合いはない」

正直に返す。そんなことないです、と星子真琴が顔を近づける。鼻息が顔に当たるほどの近さだったので、与一は思わず仰け反ってしまう。

――それにしてもなぜ、ここに彼女が。

すぐにひとつの推測が浮かぶ。彼女はピアニストだ。

「君もこの交響楽団の」

「あ、違います――って、あんまり大きな声で言えないですけど」

そう言って、真琴は声のトーンを落とす。「来月、前に話したオーディションがここで開催されるんです。今日はその下見に来たんですけど、かんなちゃんと舞姫さんも付いてくるって聞かなくて」

舞姫がここにいる理由がわかった。

「撒(ま)いたのか」

「撒けたのかどうか、怪しいもんですけど」

また勢いよく扉が開く音が聞こえた。与一と真琴はさらに腰を落とし、背もたれに姿を隠す。

「――っていうか」

星子真琴が続ける。「あの日、どうやって逃げたんですか。私、てっきりもうダメかと」

「何のことだ？」

「何のことって――あの日、黒村って人と何人かの黒服に連れていかれてたじゃないですか」

真琴が前のめりに、信じられないという顔つきで言った。

「ああ」

そう言われ、星子真琴と出会ったあの夜を思い出す。

あの日は黒村ほか四人の黒服に囲まれ、ミニバンの後部座席に乗せられた。腰の後ろで両手を結束バンドで縛られていたのだが信号待ちの間にそれを外し、両隣の男たちの手首を折った。四人は決して素人ではなかった。ただ、車の中であるということ、圧倒的有利な状況であることから、少しだけ気が緩んでいたのだ。与一はそこをついた。助手席にいた黒村が銃を構えたのでそれを奪い、左隣の男に銃を突きつけこう言った。車を停めろ。仲間意識が強い連中で、他の三人は与一の言う通りに車を降り、地面に伏せさせることができた。そのまま車を奪い、家に帰った。あの日は無駄な殺生はするなと占いで出ていたため、そうせざるを得なかった。黒村の刺すような視線が印象的だった。

「っていうか、与一さんこそなんでここに」

「下見だ」

「下見？」

――お前を殺すための下見だ。

言いかけそうになり、息を呑む。彼女と話していると、どこか調子が狂う。

ふと星子真琴の占い結果を思い出した。

「オーディション、本当に受けるつもりか？」

尋ねると星子真琴は少しムッとした表情で与一を睨む。

「百パー失敗するって言いましたよね。死ぬか、命と同等のものを失うって。ですがご心配なく。ただいま、猛練習中ですから」

死ぬのはオーディションが終わってからだ。その結果がどうかはまだ占っていない。どれだけ練習しようが関係ないのだが、それも言えない。

「髪を切ったのも、そのためか」

「本当は伸ばしておきたかったんですけど、演奏には邪魔だったんで、事故に遭う前の長さにしました。あ、しかもこれ、舞姫さんが切ってくれたんですよ。あの人、前髪自分で切ってるんですって」

思えば、殺しのターゲットとこうやって交流を持つのは、そこそこ長い暗殺者人生の中でも初めてのことだった。

「誰かに恨まれる筋合いは？」

思わず訊いてしまう。だがそれは、長年の疑問でもあった。

殺される側は、自分が殺されることを予期しているのか。もしくは殺したいと思われるほど、他人から憎まれていることを自覚しているのか。

「――私、何かしましたっけ？」

真琴は怪訝な表情を浮かべる。

「身に覚えがあるかどうかだ」

「なんでそんなこと訊くんですか」

「黒服らに囲まれた理由が知りたい」

真琴は納得したのか、小刻みに頷く。

「それは私も気になってたんですけど……でも考えれば考えるほど、身に覚えがないんです。父の学生時代からの友人にも聞いてみたんですけど、その人も知らないって。仮にもし父と西郷って人が関係してたとしても、それは私が意識を失ってた間の出来事なのかなって。そうなるともう、私にはお手上げじゃないですか」

恨まれる筋合いなどない。そう言いたげだ。

だが得てして恨みを与える側は、それを自覚していないことが多いのかもしれない。殺される瞬間、なぜ自分が殺されなければならないのか、それを理解するのは難しいのかもしれない。

不意にオーケストラに耳を奪われた。ずっとリハーサルの演奏中だったのだが、ここに来てぐっと引き締まってきた。理由は単純、ピアノだ。ここからが本番とばかりにピアノが入ってきたせいで、ホールが圧倒的な緊張感に包まれた。心地よい和音の羅列が、洪水のように相対するものを包み込む。

「ピアノ、凄いですよね」

「プロの目から見ても、あの演奏はいいのか？」

「あ、私、プロってほどじゃないですよ。五年前はいくつかコンクールで賞とって、プロになりかけた頃はありましたけど。彼女は当時からこういう交響楽団でソリストやったり、コンクール上位の常連でした。あの当時からテクニック、曲に対してのアプローチ、表現力は群を抜いて素晴らしかったです。この五年の間にそれはさらに磨かれてて、いまや日本を代表するピアニストですよ」

「詳しいな。知り合いか?」

尋ねると、真琴はうーんと首を傾げる。

「知り合い、ってほどじゃないんですけど。まあ一応、連絡先の交換はしてますが」

歯切れが悪い。

「仲は良くないのか」

その問いに、星子真琴の瞳が大きく見開かれた。

「聞いてくださいよ。私が入院中、彼女がお見舞いに来てくれたことがあったんです。すっごくぶっきらぼうで、自分が言いたいこと言うだけ言って、私の感情かき乱して……。そのときのお土産、なんだったと思います?」

「フルーツ……じゃないのか」

「彼女が出したCDとブルーレイです。あと、彼女が巻頭インタビューを飾った音楽雑誌。もう、どうしろっていうんですかね」

「観たのか?」

「観ましたし、聴きましたし、読みましたよ」

「どう思った？」

「どう思ったって」

真琴は鼻息荒くしたあと、唇を尖らせる。「まあ、単純に、凄いなあと」

「そういうことなんだろう」

「どういうことですか」与一の言葉に、真琴が食い気味に返す。

「認められたかったんじゃないのか」

「はぁ？」

真琴が素っ頓狂な声を出し、慌てて口を手で押さえた。「なんですか、それ」

その顔に、少し怒りにも似た感情を見た。

「そのままだ。認められたくて、これまでの努力の証を、君に贈った」

「いやいやいやいやいやいや」

真琴は顔の前で右手を振る。「それはないですって。だって、私にオーディション受けろって言ったの、彼女なんですよ。普通、四年間意識不明でようやく目を覚ました人間に、そんなプレッシャーかけます？　ただ私が困ってる姿を見たいだけですよ。もう、何の恨みがあるんだか」

「そんなに嫌なら、出なければいいだろう」

「それだと、負けになっちゃうじゃないですか」

「負け？」

「だってそうでしょ？　私はここまで来たのよ、あなたにはできる？　って挑発されてるようなもんですよ」

「売られた喧嘩を買っただけか」

「そうです」

「死ぬことになってもか」

「与一さんが言うと、私本当に死んじゃいそうですね」

「百パーセントだと言ったはずだ」

真琴は口を開けたまま、何も答えない。

「せっかく助かった命だ。わざわざ捨てることはない。違う条件で、逆に喧嘩を売ればいい」

そうだ。そうすれば、死ぬことはない。少なくとも、与一に殺される心配はなくなる。

依頼はあくまで、この会場で開催されるオーディションの後に星子真琴を殺すことだ。彼女がオーディションに参加しなければ、必然的にその契約は破棄される。

「けど、私もう決めたんです。出るって。出場して落とされるのは仕方ないから諦めがつきますけど、参加せずに諦めるってのは、なんか、ねえ」

「死ぬことになってもか」

「はい」

真琴が笑顔を返した。その表情に、与一は用意していた言葉を忘れる。

思えば陽菜も頑固だった。一度言い出したら、テコでも動かない。

そんなことを思い出してしまった自分に、与一は驚きを隠せない。

「星子真琴」

背後から女性の声がした。真琴が反射的に立ち上がる。舞姫だ。

「今後二度と、私を撒こうとするな」

その声は怒りに震えていた。「いいな」

「——ごめんなさい」

星子真琴は素直に謝り、与一に目配せをする。与一は顔を背け、背もたれに身を隠しながら、二人が会場から出るのを待った。

彼女たちがホールから去ったその十数秒後、明らかにこの場に似つかわしくないサラリーマン風の男が、そのあとを追ったのが見えた。顔を見たが、特徴がない。先日西郷が率いていたその誰とも違った。その歩き方から、素人ではないことがわかる。舞姫でも尾行されていることに気づけないかもしれない。

恨まれる側はその自覚がない。その説は、正しいと確信する。

オーケストラの練習は、いつの間にか終わっていた。

4

数時間後、受付に行くと先ほど応対をしてくれた受付嬢が笑顔を浮かべた。

「S席の最前席でキャンセルが出ました。ただ」

「ただ？」

「特等席でして、ちょっと割高になります」

「いくらだ。百万か？　二百万か？」

受付嬢が目を丸くする。

「いえ……そこまでは」

最前列の真ん中に座る。こういったホールで演奏を聴くのは初めてのことで、生演奏は陽菜のジャズバー以来だった。先ほどのリハーサルとは打って変わり、タキシードやドレスを着た楽団員らは、厳粛なステージの雰囲気もあってか、神々しく見えた。

それからの二時間は、至福の刻だった。

正直、曲については詳しく知らない。最前列ということもあっただろう、音の迫力が凄まじかった。だが、うるさいというわけではなく、ずっと聴いていたいほど心地いい。間近で見ると、演奏者はみな額に汗を浮かべていた。優雅に見える演奏は、見た目よりもハードなのだろう。パンフレットに書かれた『集団芸術の最高峰』という言葉は、伊達ではなかった。ピアニストの一ノ瀬梨々香については扱いが大きく、一ページの半分が彼女の写真と経歴で占められていた。

演奏会が終わり、私服に着替え終えた楽団はマイクロバスに乗り込む者、自身の乗用車で帰る者、タクシーに乗り込む者それぞれだった。

与一は一ノ瀬梨々香が乗ったタクシーのあとを追った。二十分ほど走ったあと、目黒のコンビニの前で停まる。一ノ瀬梨々香は買い物を済ませると、そこから歩いて五分ほどの瀟洒なマンションに入っていった。

どうやって忍び込もうか。

神宮寺に相談しようとスマートフォンを取り出したところで、再び一ノ瀬梨々香が現れた。上下黒いアディダスのジャージで帽子にマスクをしているが、間違いない。

尾行して五分、国道沿いにあるラーメン屋に入った。カウンター席のみの、狭い店だ。与一も入り、一ノ瀬梨々香から二つ空けた席に座る。

「チャーシュー麺、麺少なめ、野菜マシで。あと、焼き餃子と瓶ビール」

一ノ瀬梨々香はマスクを外したあと、メニューも見ずに注文する。

「あいよ」

店主が返事をし、与一を見た。壁に貼られたメニューを眺める。ラーメン屋に入るのは久しぶりだ。

「おすすめは？」

「うちはなんでも美味しいよ」

店主が答える。一ノ瀬梨々香の方を見ると、同意の意味と取れる小さな頷きを見せた。

「じゃあ彼女と同じので」

「麺も少なめ？」

「麺は普通で」

「餃子もつける？」

「ラーメンだけでいい」

「あいよ」

客は一ノ瀬と与一だけだ。一ノ瀬の方を見ると、慌てて視線を逸らされた。見られていたようだ。もう一度見ると、また目を逸らされる。観察するつもりが、観察されている。

「何か」

尋ねると一ノ瀬は顔を真っ赤にし、「あ、いや、すみません」と顔の前で手を振る。先ほどまで舞台上で堂々とピアノを弾いていた姿からは想像がつかないほど、彼女は動揺していた。

「――あの、間違ってたら申し訳ないんですけど」

不意に話しかけられたので与一はその先の言葉を待つ。

「今日のコンサート、聴きに来られてましたよね？　オウルシティ世田谷の」

そこで与一は、変装もせず最前列にいたことを思い出した。あの至近距離なら、顔を見られていてもおかしくはない。

「あ、やっぱり」

表情に出ていたのだろう、一ノ瀬は納得したように頷いた。「どこかで見た顔だと思って。私、あのコンサートでピアノ弾いてたんです」

「チャーシュー麵、お待ち」

餃子とビールも出る。与一の前にもチャーシュー麵が出た。

「よかったら、いっしょにどうですか」

一ノ瀬が瓶ビールを掲げた。近づくチャンスだ。与一は席を詰め、店主からグラスをひとつもらう。

「コンサートにはよく来られるんですか？」

「初めてだ」

正直に告げる。素人だと追及が緩むと思ったからだ。だが逆効果だった。彼女はさらに目を輝かせ、前のめりになる。

「どうでしたか？　今日の演奏」

「ああ」

その一言で、彼女の狙いがわかる。感想を聞きたいのだ。

「悪くない。というよりも、かなりよかった」

「どこらへんが？」

餃子を勧められたので、それを口の中に入れる。

「一体感が凄かった。しょっぱなから、草原で風に吹かれたような気分になった」

「ああ、メンデルスゾーンですかね。他には」

それから、コンサートについての感想を語りながらラーメンをすすり、餃子を食べ、ビールを飲んだ。彼女はそんなに酒が強くないのか、ビールをグラス半分ほど飲んだところで、すでに顔を真っ赤にしていた。

「演奏のあとは、お酒飲んで、気分を落ち着かせるんですよ」

しゃっくりをしながら、一ノ瀬が言った。そろそろ良いだろうと、与一は本題に入る。

「星子真琴というピアニストを知ってるか？」

一ノ瀬の表情が瞬時に変わる。

「お兄さん、なんで知ってるの」

「最近、目を覚ましたと聞いた」

「そうなのよー。お兄さん、かなりの通ね」

酒が入っているせいか、一ノ瀬はかなり親しげに与一の肩を叩いた。ビールのお代わりを勧められる。

「ここだけの話、来月の世田谷国際のオーディションに出るのよ、彼女」

「君が勧めたのか」思い切って踏み込む。

「お兄さん、なんでも知ってるのね」

一ノ瀬はあっけらかんと答える。

「ピアニスト同士、惹かれ合うものでもあるのか？」

「惹かれ合う、かぁ。そんな良いもんじゃないけど」

「どういうことだ？」

「気に入らないのよね、私。彼女が」

いきなり核心をついた感じがした。

「嫌がらせのためか？」

さらに追及する。

「そんな陳腐なわけないでしょ」

隣でラーメンのスープを蓮華も使わずに飲む彼女を見ていると、先ほど舞台上で拍手喝采を浴びていたピアニストのイメージが遠くなる。

「あ、今私のことはしたないって思ったでしょ」

一ノ瀬が与一を睨みつける。だがすぐに相好を崩した。「いいのよ。こうやってバランスとってるんだから。いつも清廉清楚だと息が詰まっちゃって。最近身につけた、私なりの息抜き。これで明日も、頑張れる」

そこまで言って、ビールをもう一本注文する。

「安心して。どんなに飲んで酔っ払っても、記憶は完全に残ってるタイプだから。けど酔って気は大きくなってるから、結構な無茶はする。まあ、私が思う範疇での無茶だけど。たとえば夜なのにラーメンを二杯食べたり、知らない人に話しかけたり。ただ、記憶は完全にあるから、翌朝起きたら必ず後悔する。なんであんなことしたんだろうって。死ぬほど後悔する。ただその分、その日はその過ちを帳消しにしようと思って頑張るの。毎日毎日、その繰り返し。ずーっと真面目だと息が詰まるでしょ？　だからこうやって、ストレス発散してるわけ。私、普段はほとんど喋らないんだから」

マシンガンのような語り口に、与一は思わずカウンターの店主に救いの眼差しを向ける。店主が栓を抜いたビールをテーブルの上に置き、一ノ瀬に冷ややかな視線を向けながら言った。

「この人、本当に有名なピアニストなの？　酔うといっつもその話になるんだけど」

一ノ瀬は歯をむき出し、店主を威嚇する。そのまま瓶を取ろうとしたので与一はそれを止め、彼女のグラスにビールを注いだ。

「あ、なんか新鮮。いっつも手酌だったから」

一ノ瀬の顔はさらに赤くなり、妖艶（ようえん）な微笑みを浮かべる。

「星子真琴にオーディションを勧めた理由は？」

話を元に戻す。

「あんたさ、さっきから星子星子って、うるさくない？　ひょっとして」

一ノ瀬が訝（いぶか）しんだ目で与一を見つめる。「彼女のファンなの？」

与一は息を呑む。

「ファンではないが」

そこまで言って答えに窮した。俺は彼女のなんだ？

「何よ」一ノ瀬が据わった目で促す。

「気にはなっている」

正直に告げた。一ノ瀬が真顔で与一を見つめ続けている。そのうちに肩を揺らし、突然笑い始めた。店主はお手上げとばかりに両手を広げた。

「なーんだ。やっぱりファンなんじゃない」

一通り笑い終えた一ノ瀬は、グラスを一気に空けた。与一がビールを注ぐと、満面の笑みを返す。

「そんな通なら知ってると思うけど、事故に遭う前は、私と彼女、コンクールで競い合う仲だったの。俗に言うライバルって奴？ ここだけの話、私ね、彼女の演奏、だーい好きだった。正確で、音が強くて、独自の解釈があって。何より、自由だった。今ではもう、私の方が、ずーっと先にいるのは間違いないんだけど」

「——けど？」

グラスを両手で抱え、虚空をじっと見つめ続けていた彼女を促す。

「けどこの五年、ずーっと彼女のピアノが耳から離れなかった。残ってる音源も、よせばいいのに取り寄せて聴いちゃうの。まだまだ荒削りなんだけど、凄くいい。この空白の五年がなければ、彼女は今頃、どんな音を出してたんだろうって想像しちゃうの。そうなるともうだめね。その音が聴きたくて聴きたくてたまらなくなる。そんなんだから、彼女のお父さんから意識を取り戻したって連絡を受けたときは、もう飛び上がったわ」

「普通に頼めばいいだろう。ピアノを弾いてくれと」

一ノ瀬が体を起こし、「これだから素人は」と目を細めた。

「私たちピアニストにはね、儀式が必要なの。そのやり方は人それぞれだと思うけど、弾いてください、はいわかりましたって鍵盤の上に指置いたって、大した演奏なんてできやしないのよ。ちゃんとした演奏をするには、心も、体も、きちんとした準備が必要なの」

「そのためのオーディションか」

「そ。五年もブランクがあるんだから、多少の荒療治じゃないと、昔の勘は取り戻せないでしょ」

「彼女が出場を辞退するとは考えないのか」

一ノ瀬は鼻で笑い、またビールグラスを傾けた。答えはなかった。

それからさらに餃子を一皿注文し、瓶ビールを計四本空けた。気づいたら壁の時計は零時を回っていた。

「ゲネは昼からだから」

と、千鳥足で店を出る一ノ瀬の肩を支える。

「ちょっと、触らないで」と頬を叩かれようとしたのを躱(かわ)すと、彼女はそのまま倒れ込んだ。地面に手を突こうとしたので、慌てて腰回りを支え、起き上がらせる。

「触らないでって言ってるでしょ！」

一ノ瀬は体を触られたのが気に入らなかったのか、体をぐねぐねと動かし、鬼のような形相で与一を睨みつけた。

　よろよろとした足取りながら、帰巣本能で自分のマンションに入る一ノ瀬の背中を見つめる。彼女はただの才能を持ったピアニストであり、星子真琴を認めるライバルだ。暗殺の依頼人ではない。

　オーディション出場者も洗うか？　いや、そもそも依頼人は関係ない。与一の仕事は、ターゲットを指定の日時に指定の方法で殺すことだ。

　長年この仕事をやってきて、初めて依頼人のことが気になった。

　なぜ、星子真琴は殺されなければならないのか。

「あ、送ってくれてありがとうございました」

　自動ドアが閉まる直前、一ノ瀬は振り返り与一に向かって深々と頭を下げた。先ほどまで与一に向けられていた敵意は一切なくなっている。

「よかったら、明日も」

　そう言って彼女は、エレベーターの扉が閉まるまで手を振り続けた。

5

　屋上に立ち、双眼鏡から対象を眺める。

　数キロ先、夜間でもクリアに見える最新型の軍用だ。倍率を合わせると、星子真琴がリビングで電子鍵盤を弾いている姿が見えた。舞姫と深月かんなの姿も見える。中規模タワーマンションの最上階だ。

　一ノ瀬梨々香と接触してから二日、星子真琴のマンションを観察できる場所を探し当てた。ビルとビルの狭間、向こうからは確実に気づかれないであろう位置にあるビルの屋上だ。こちらの方が少し上層なので、部屋の奥まで覗き見ることができる。

　一週間、星子真琴を観察して気づいたことがある。与一がいるビルと彼女が住むマンションの中間あたりにあるオフィスビルの一角に、不審な人物の影を見かけた。角部屋で直角の窓ガラスのカーテンの隙間から、望遠鏡の先が見えたのだ。それだけであれば見過ごすのだが、そのレンズの先は、角度的に星子真琴の部屋に向けられていた。時折見える人影は男で、おそらくは二人。しかも、星子真琴の部屋の灯りが消えると、カーテンも閉められる。一人の男の左手の甲には、薔薇（ばら）の刺青（いれずみ）があった。

　ひとつの仮説を立てた。

　与一の他にも、星子真琴を狙っている輩がいる。

　西郷か。だが舞姫がいる。いや、彼女に監視させていると見せかけて、さらにそれを監視する。彼女は囮（おとり）なのかもしれない。

　そこまで星子真琴に執着する理由はなんだ？　それ相応の対価があるということか。では、その対価とはなんだ。

　スマートフォンが震えた。与一は双眼鏡で星子真琴の部屋を覗き、何事もないことを確認したあと、屋上を離れる。非常階段を下りながら、通話ボタンを押した。

「何かわかったのか」

「何がわかったと思う？」

「切るぞ」

「あんたほんま、会話が成立せえへんな」

神宮寺のため息が聞こえた。「西郷っつー男の正体、わかったで」

与一はスマートフォンを握りなおす。

「西郷喜一、五十歳。元は孤児で、中学卒業まで施設におったらしい。それから九州の西郷組っちゅうヤクザの姐さんに拾われて養子になって、なんやかんやで若頭に出世、組長亡きあとは事実上組を継いでな。土地柄、チャイナとコリアにヤクさばいて力つけて関西に出て、そんで神戸、大阪、京都の三都制覇して、晴れて東京進出や。それが十年前。今では麻薬王っちゅう仇名がついとる」

「大げさだな」

「それがそうでもないんや。最近ではT5っちゅう新種の覚醒剤開発して、都内でも幅きかせてたみたいやわ」

「T5？」

「せや。そのT5っつう覚醒剤なんやけど、純度が限りなく百パーに近いねんて。それが売れに売れて、西郷の今の地位を作ったらしいわ」

「その麻薬王が、なぜ星子真琴を狙う」

「まあそこやな。こっからは、シンプルな推測やけど」

しばらくの沈黙のあと、神宮寺が答えた。「星子真琴のおやっさんの職業、知ってるか？」

神宮寺からもらった星子真琴のプロフィールには、父親の職業は書かれていなかった。

「――医者か？」

「ぶっぶー。まあ、惜しいっちゃ惜しいねんけど」

「なんだ？」

「なんやと思う」

「切るぞ」

「あんたほんまアレやな」

そう言ったあと、神宮寺が続ける。「製薬会社の研究員や」

製薬会社の名を言った。与一でも知る大手だ。

「T５の製造に、星子真琴の父が絡んでいた」

神宮寺が言わんとしていることを言葉にする。

「星子パパがT５を開発して、製造していた。まあそう考えるのが普通やろな。せやけど」

「事故で死んだ」

「せや。それから数週間後、T５の流通が途絶えた。西郷にしてみたら、えらいダメージや。売れ筋が底をついたんや。知り合いのヤク中によれば、T５の末端価格はグラム十八万、普通の覚醒剤の相場の三倍や。それなのに、飛ぶように売れた。取引量は月に十キロとも二十キロとも言われとる。まあ、実際はもっとあるやろうけど」

「星子の父にしか作れないのか、そのT５とやらは」

「そこまではようわからん。けどまあ、そんな感じなんちゃう？　星子パパが死んだあと、独自のレシピがあったか作り方にコツがあったかで、製造に障害が発生した。んで、なんらかのヒントを得るために、娘の星子真琴に接触してカマをかけた」

「――辻褄は合うな」

売り上げにして月に十数億を稼ぐ打ち出の小槌を失ったのだ。麻薬王からしてみれば、最重要案件だろう。

「で、西郷の周りにいる黒服たちは」

「ああ、シカリオか」

「シカリオ？」

「暗殺者や。西郷との取引で約束守らへんかったり裏切ったりしたら派遣されるんやと。リーダー格が黒村っちゅう男で、どっかの国の外国人部隊で傭兵やってたところを西郷にスカウトされたらしいわ。他にも同じように西郷があっちゃこっちゃから引っ張ってきて、今では十人くらいおるらしい。みんな結構な手練れみたいやで」

「あの舞姫という女もか」

「ああ、あの前髪切りすぎた系やろ。あいつはもともと姐さんの方に仕えてたらしいんやけど、先代が亡くなってからは遺言で西郷の手助けしてるらしい。ピンときてさらに調べたら、あの女、とんでもなかったわ」

「なんだ」

「噂の『組長殺し』や」

「組長殺し？」

「せや。ここ一、二年で結構話題になってたやろ、組長が次々と首斬(くびき)られて殺された事件。あれ、ぜーんぶその舞姫の仕業やったわ。なんでも、取引で不義したヤクザの組長を、あの女がみーんな殺し回ってたって。女やから油断するんやろな。わかっただけでも、ここ数年で十二の組長の首獲ってたわ」

「得物は？」

「自分で打ったポン刀や。もともとは有名な鍛冶(かじ)職人の娘らしくてな、毎日試し切りで人体斬ってるうちに開眼したらしいわ。あ、ちなみにあんたが最近断ったボディガードの案件で、その舞姫を殺すちゅーのもあったわ」

「残念だったな。で、その依頼人は？」

「それから連絡とれへんからわからん」

　舞姫の隙のなさ、勘の鋭さに納得した。日本刀を携えていないのは今回の任務がターゲットの殺害ではなく、情報収集だからだろう。もしくはどこかに刀を仕込んでいるのかもしれない。聞いておいてよかった。知らずに彼女の間合いに入っていたら、危なかったかもしれない。

　とはいえ、星子の父が覚醒剤を製造していたというのは仮説にすぎない。

「なんや、まだ疑うんかいな」

　沈黙から察した神宮寺が言った。

「疑うのも仕事だ」

「まあ、正しいねんけどな。それで言うと、いくら調べても星子パパがT5を作ってたっちゅう物証は見つからんかった。まあ、それはそれでしゃあないわ。大手製薬会社の研究員が覚醒剤作ってたなんてバレた日にゃ、その会社お終いや」

「脇は甘くない、か」

「ただ、調べたら意外なことがわかってん」

「なんだ」

「星子パパの名前は星子俊明(としあき)。聞き覚えないか?」

「ないな」

「即答やな」

「覚えがない」

「あんたが殺したんや」

「俺が?」

「一ヵ月くらい前、交通事故に見せかけて殺した案件あったやろ。バスとタンクローリーにタクシー挟ませた」

その仕事はよく覚えていた。条件が、定時に走るタンクローリーをターゲットの車に追突させ、炎上させることだった。射撃のポイントから対象地点までの距離がかなりあり、風を読むのに苦労した。

「いちいちターゲットの名前を覚えているわけないだろう」

「そう言うと思たわ。まあ、そういうこっちゃ。で、こっからが話の肝なんやけど、星子俊明暗殺の依頼人から追加の発注があってな。それが」

「星子真琴か」

神宮寺が指を鳴らす音が受話口から聞こえた。

「依頼人は？」

「完全な匿名や。匿名料金は通常の三倍なんやけど、その依頼人は金払いもええ。前回は報告した直後に振り込みがあって、今回も前金は受注後すぐに振り込まれとる」

「振り込み元は？」

「調べたけどダミーの会社幾つもかましてて、足取りが全くつかめへんかった。ありゃ手数料だけでかなりの金額いってるやろな」

「連絡先は？」

「メールや。さっき試しに送ったら、宛先不明で戻ってきたわ。よう見たらアドレスは一回一回微妙に変わっとった。用意周到なやっちゃ」

「探りようがない、か」

「まあ、クライアント探ってもしゃあないやろ。あ、あともう一個、これはまだ確証持てへんねんけど、界隈で今、千手も動いているらしいわ」

「千手」

名前はちょくちょく耳にする。殺しに特徴がないというのが特徴の同業者だ。毒殺、事故死、銃殺、拷問、自殺偽装、なんでもお手の物らしい。千の殺しの技術を持つ、ということで千手と呼ばれていた。

「あいつがこの件に関わっているのか」

「わからん。噂レベルやし、絡んでてもわからんようにやるやろ。けど一応あんたの耳には入れておこう思てな。で、どないやねんそっちは」

「気になることがひとつ」

与一は星子真琴を観察するもう一組の存在を神宮寺に知らせた。ビルの場所と左手に薔薇の刺青を入れている男のことを伝えると、「調べとくわ」と通話を切られた。

車に乗り込む。助手席にハンカチを広げ、タロットカードを繰る。出てきたのは蟹座と悪魔、そしてペンタクルのナイト。

備えあれば憂いなし。障害は全て排除しておくべし。

オーディションは二週間後。会場の下見も終え、狙撃場所となるビルのあたりもつけた。実際に昼と夜、現場に赴き狙撃ポイントの確認も終えている。与一の腕をもってすれば、難しくはない仕事だ。現在の障害があるとすれば、星子真琴に張り付いている深月かんなと舞姫、西郷たち黒服の一味、そして薔薇の刺青を入れた男たちの存在だろう。

深月かんなは普通の女子高生だ。舞姫と西郷は繋がっているとして、問題はやはりあの薔薇の刺青たちだ。不確定分子は極力排除しなければ、仕事の障害になる。

となれば、やることはひとつだ。

6

ビルの入り口を張ること二時間、左手に薔薇の刺青を入れた男が現れた。男は道路を渡り、通りかかったタクシーに乗り込む。間に一台の乗用車を入れ、そのあとを追った。タクシーはすぐに首都高に入り、霞が関方面へと向かう。箱崎の出口で降り、それからしばらく流したあと、水天宮前で停まった。男はロイヤルパークホテルを素通りし、そのまま小道に入った。与一は人通りのない場所に車を停め、歩いてそのあとを追う。歩き方から、その刺青の男が相当な訓練を積んだ人間であることがわかった。隙がない。追うべきかどうか占ってから決めたかったが、あいにくそんな暇はなさそうだ。男は両手をポケットに突っ込んだまま、うつむき加減に歩く。

ふと違和感を覚えた。

だがそれに気づかないふりをして、目の前の男のあとを追う。男はあたりを見回したあと、工事現場らしき白い万能壁の扉を開け、中に入った。

明らかに罠だ。だが、たまたま立ち寄った可能性も否定できなくはない。たとえば――尿意を催した。

仕方ない。与一はポケットからタロットを取り出し、その場で立ったまま念入りにそれを繰った。一枚抜き出したカードはワンドの五。

試練の兆し。十中八九罠だが、死ぬことはなさそうだ。

与一は万能壁の扉を開けた。中は古びたホテルの解体現場だ。歩みを進めると、人の気配は消えていた。ホテルのエントランスだったであろう場所に立つ。今はもう動かないエレベーターの階数表示は七階まであった。すぐ左手に階段がある。だが足跡は真っ直ぐ奥まで進んでいた。それを追い、廊下を走る。突き当たりの扉を開けると、外に出た。開けた場所で、人影はない。

逃げられた。瞬時にそう悟った。

ここ数年、尾行を撒かれた記憶はない。軽いショックを覚えていると、背後から人の気配がした。一人ではない。

　壁際に沿って歩き、入ってきた万能壁の扉を覗く。三人の男がこちらに向かってくるのが見えた。手にはそれぞれ銃を携えている。与一が追っていた薔薇の刺青の男はいない。三人はすでに与一の場所を把握しているようだ。

「お。動くな」

　真ん中のスキンヘッドが、与一を見て声をあげた。与一がかまわず身を隠すと、地面が爆ぜた。壁際から覗くと、左端のサングラスが持つ銃口から煙が立ち上っていた。

「動くなっつってんだろが」

　男の発音に違和感を覚える。

「おい、お前。ちょっと出てこい」

　スキンヘッドが凄む。右端の金髪の男は、黙って銃を構えていた。

「ここに何しに来た。お前は誰だ？」

　サングラスが言った。与一が答えずにいると、壁に銃弾がかする。

「おーい。答えろよ、なぁ」

　スキンヘッドの声が、ホテルと万能壁の間でこだまする。三人とも銃口に消音器をつけているため、銃声は響かない。最初から市街地での銃撃戦を想定している。

　与一はポケットからタロットカードを取り出し、簡易的に今の状況を占う。出たカードに、思わず空を見上げた。

　与一が姿を現すと、スキンヘッドが口笛を吹いた。

「やる気になったか」

サングラスが銃を構える。引き金にかけた指に力が入った。

与一は両手を挙げる。

「なんだよ、もう降参か」

与一は口角を上げる。そして、両手の人差し指をピンと立てた。

スキンヘッドが怪訝な表情を浮かべる。その頬に水滴が落ちた。

一瞬、スキンヘッドは上空を見上げる。一滴、二滴と大粒の雨が降り始めた。その瞬間、与一は腰に忍ばせた銃を抜き出すと、同時に引き金を三回引いた。よほど耳がよくない限り、その銃声は一発にしか聞こえないだろう。

歩み寄ると、左右の男はすでに事切れていた。中央のスキンヘッドは、左の鎖骨の真下あたりから血を滲ませている。

一番事情を知っていそうで、喋りそうな男を残しておいた。

「誰に依頼された？」

与一は真上から、その眉間(みけん)に銃口を向ける。スキンヘッドは息も絶え絶えに与一を睨み、唾(つば)を吐きかけた。だがそれは放物線を描き、男の股間(こかん)に落ちる。同時に引き金を引いた。

見誤った。こういうタイプは、いくら脅しても口を割らない。経験則だ。

男たちの所持品を調べる。だが数枚の一万円札と小銭があるだけで、携帯電話すら持っていない。手がかりはこの消音器つきの拳銃くらいだ。

「なんやねん」

開口一番、電話の神宮寺が寝ぼけた口調で言った。

「掃除屋を頼む」

「――なんや、またやったんか、あんた」

「尾行されていた」

「尾行してる奴毎回殺してたら、世界中から探偵とパパラッチがおらんくなるわ」

「政治家とタレントが喜ぶな」

「言うやんけ」

神宮寺が大きくため息を吐く。「で、どこの誰や」

「それも調べてくれ」

スマートフォンで現在地を送り、工事現場をあとにする。

雨脚は強くなり、数メートル先の視界も怪しくなる。

第5章

1

翌日は占いで外出注意と出たため、ずっと事務所を出なかった。

その次の日、例の薔薇の刺青の男がいた部屋に侵入したが、すでに引き払われたあとだった。

「一ヵ月くらい前から空き家みたいやな。部屋の中さらったけど、大したもんは出てこんかったわ」と、神宮寺の調査も振るわない。

彼が千手だろうか。だとしたら、何の目的で星子真琴につきまとう？

それからも与一は星子真琴の観察を継続した。彼女は三日に一度、一時間ほど病院で後藤という主治医に診てもらう以外は、来る日も来る日もジャズバーに通い続けた。最初の頃は午後一時から四、五時間ほどだったのが、最近では朝八時から夕方まで、あるときは店を出るのが深夜になる日もあった。そうなると、星子真琴を直接見られるのは彼女がジャズバーに移動するときぐらいで、ろくに観察ができない。やるせなさから、左耳の人馬の矢先を指で押さえる回数が増えた。

彼女の行動を知りたいと思った。だがその好奇心がどこからくるものなのか、与一にはわからない。

床にハンカチを広げ、カードを繰る。出たカードは魚と隠者とワンドの八。虎穴に入らずんば、虎子を得ず。正直に勝る徳はなし、と出た。多少の危険を冒すことになるだろうが、これはとるべきリスクなのだと自分に言い聞かせる。

十二時を回って少し経ってから、ジャズバー・ムーンの扉を開けた。いきなり、カウンターの中央に座る舞姫と目が合う。与一は動揺を悟られないよう変装用眼鏡のブリッジを押し上げ、中に入る。細長い店内で、舞姫の視線を避けるようにカウンターの端に座った。ステージを見ると、初老のピアニストが軽やかにピアノを叩いていた。

「メーカーズマーク。ダブルで」

カウンター奥の白髪のマスターは目を伏せ、注文を了承した。

店内は舞姫の他、客が六人。痩せた老人一人と肉付きの良い中年が一人、カップルが二組。グラスに口をつけながら、暗い店内を観察する。深月かんながマンションで待機しているのは把握済みだ。高校生がジャズバーにいていい時間ではない。店の隅の席で、老人が寝ているのか起きているのか、目を瞑ったまままゆっくりと船を漕いでいた。L字形カウンターの中央に座る肉付きのいい男は帽子にサングラスで、ウイスキーを飲みながら、じっと演奏に耳を傾けていた。左手を注意深く見るも、刺青は入っていない。カップルたちは曲を聴くでもなく、顔を近づけ二人の世界を楽しんでいた。カウンターの舞姫は腕を組んだまま目を閉じている。ひょっとしたら眠っているのかもしれない。一メートルほどの長さの黒い棒が椅子に立てかけられていた。

演奏が終わると、まばらな拍手が起きた。ピアニストは立ち上がり、軽く頭を下げる。そのピアニストと入れ替わる形で、奥から黒いドレスを着た星子真琴が現れた。首元から手首までが黒い布で覆われ、スカートも長いため肌がほとんど見えない。薄暗い店内では、青白い顔と手先だけが浮かび上がって見えた。

特に挨拶もなく、演奏が始まった。与一がよく聴く曲が続いた。ジャズだ。

不意にピアノを弾く星子真琴と陽菜が重なる。

「どうですか、ピアノ」

カウンター越しにマスターが尋ねた。曲が終わり、星子真琴が水を口にしたところだ。

「そんなに上等な耳は持ち合わせていない」

与一の答えに、マスターは口角を上げる。

「長いことこういう店をやってると、わかるんですよ」

与一はグラスを傾け、マスターと目を合わせる。

「ピアニストの力量と、客の質」

「この店のお通しは世辞か」

「誰にでも出すわけではありませんが」

マスターがメーカーズマークの瓶を掲げた。与一が頷くと、それを注ぐ。

「なぜそう思う」

「表情ですよ」

「表情?」

「優しい顔でしたよ」

マスターがグラスを布で磨きながら言った。「まるで、恋人の演奏を聴いているようでした」

「当たらずと雖も遠からずだな」

思っていたことが思わず口から出た。

「――と言いますと？」

先ほどの占い結果を思い出す。

「恋人がジャズピアニストだった」

「ああ、それで」

「毎日のようにジャズバーに入り浸っていた時期があった」

「今でもこうやって？」

「最近はとんとご無沙汰だな」

「喧嘩でも、されたんですか」

「まあ、そんなところだ」

喋りすぎたと思い、グラスを舐める。話の矛先を変える。

「この店はどれくらい？」

「もう十五年になりますかね。もともとは妻が始めて、それを私が引き継いで。いや、違うな。引き継いだというより、あいつの管理を任されたと言った方が近いかな」

「あいつ？」

「あのピアノですよ。置き土産みたいなもんでね。一日でも誰かが弾いてあげないと、ヘソを曲げて調子が悪くなる」

「調律は、ご主人が？」

「いえいえ。私は小僧の手習い程度で。最近ではほら、あの子に全て任せてます」

そう言って、ピアノを弾き始めた真琴を見た。

「彼女、来週オーディションがあるとかで、練習場所を探してましてね。空き時間とか演奏者の都合がつかないときは、こうやって弾いてもらってるんです。これがなかなか、腕がいい」

そう言って老人は目を閉じ、真琴の演奏に耳を傾ける。「正直、彼女に会うまでは妻のピアノも悪くないと思っていたんですよ。それなのに彼女は、プロですらない。音楽の世界っていうのは、本当に残酷で、奥が深い」

「オーディション、受かると思うか？」

「私はジャズ専門なんで。クラシックの基準は」

マスターは首を振る。「ただ」

「――ただ？」

「受かっても受からなくても、うちのピアノを弾きに来てくれとは伝えてます」

空になりそうなグラスを見てお代わりを勧められたが断った。舞姫の視線を時折感じたが、変装した与一に気づいている様子はない。

席を立った瞬間、真琴のピアノは次の曲の演奏に入った。与一も知っている曲だ。確か。

「トロイメライ」

「座ってお聞きになったら」

マスターの言葉に頭を軽く下げ、店をあとにする。重い扉を閉めるまで、そのメロディに耳を傾けていた。

店を出てからも、トロイメライのメロディは耳に残っていた。

不意に思い出した陽菜の姿が消えない。その顔を思い出すのは、本当に久しぶりだ。極力思い出さないよう、記憶に蓋をしていた。いや、人を殺すたびに彼女の死は薄まり、その存在は希薄になっていた。はずだった。一度思い出すと、次々と彼女との思い出が蘇り、いつの間にか頬に涙が伝う。拭っても拭ってもそれは止まらず、与一は途方に暮れた。道行く人が奇異な目を向けるので、そのまま小道に入り、涙がおさまるまで壁に背を預け、四角い夜空を見上げ続けた。

星子真琴は帰宅後も電子鍵盤を叩き続けた。腕には湿布だろう、白いものが貼られに貼られまくっている。部屋の灯りが消えたのは朝日が昇ってからだった。

彼女をあそこまで駆り立てる原動力はなんなのか。

念のため、オーディションの合否についても占っていた。結果は良くない。それは占い以前に、与一の目から見ても明らかだった。

正直、ジャズバーでの星子真琴の演奏は期待はずれだった。

直近で聞いたピアノが一ノ瀬梨々香だったせいもあるだろう。完全なるメロディを聞いたあとでは、どうしても粗が目立つ。映像で見た、五年前の星子真琴の演奏に感じた感動を、先ほどの演奏では感じることができなかった。あの場に一ノ瀬梨々香がいたら、どんな反応を見せただろうか。その場では平静を装うだろうが、国道沿いのラーメン屋で荒れるのは自明だ。

可能なら星子真琴に伝えたい。残りの人生でやり残したことを全力で行え。見たことのない景色を見ろ。食べたことのない物を食べろ。人生を謳歌しろ。そう、彼女に強く勧めたかった。

だがそれは、不可能だ。これから彼女と接触することは、仕事上できない。

彼女は知る由もないが、与一の標的なのだ。

こんなことなら、彼女と出会わなければよかったと後悔する。

「ターゲットに近づいても、ろくなことにならないな」

双眼鏡を覗きながら、与一はひとりごちる。星子真琴と出会ったときの占いに同様の内容が出ていたことを思い出し、その正確さに我ながら驚嘆する。

決行日まで、あと二日。

改めて、カードを繰る。

出てきたのは蠍とソードの九、そして死神。

どう転んでも彼女は命を落とすか、もしくは命と同等の何かを失う。

ポケットに手を伸ばしたところで、スマートフォンが震えた。ちょうど連絡をとろうと思っていた相手だ。

「この前の三人組やけど」

挨拶も早々に神宮寺が続ける。「ようやく身元がわかったわ」

与一はスマートフォンを持ちなおし、簡易椅子に腰掛ける。

「どこの誰だ」

「三人ともチャイナの方々でした」

「チャイナ？」

「大陸の方々や。なんか恨まれる筋合いあるか？」

「ないな」

「即答やな」

「あっても仕事絡みだろう。依頼人、ターゲット、関係者の線は？」

「ここ三年の案件ぜーんぶさらったけど、これがまた、なぁ」

「あったのか？」

「全くないわ」

切るぞ、という言葉が途中まで出かけたところで、ほんでな、と神宮寺が続ける。

「三人の死に顔をフォトショで生きてる風に加工してな、狐(きつね)と狸(たぬき)と獺(かわうそ)に送ってん。そしたら、意外なのが釣れたわ」

狐と狸と獺は三人組の便利屋で、神宮寺は彼らを情報収集に使っている。それぞれ元CIA、元公安、元ニートという組み合わせで、ネット上で知り合い、意気投合した仲間らしい。神宮寺が彼らとどうやってコンタクトをとるようになったかは知らないが、彼女の情報のほとんどはこの三人のうちの誰かから仕入れているもので、信頼に足るものだという。

「どんな魚だ？」

「外来種や」

2

神宮寺に伝えられた店は細い路地を抜けたところにあった。

体格のいいガードマンが扉の前で仁王立ちしていたので通り過ごし、裏口から忍び込む。地下に深い造りのようで、階段を降りると、徐々に腹の底に響く重低音と光の洪水が与一を襲った。踊り狂う若者たちの間をすり抜け、奥へと進む。ＶＩＰルームの前にも、ガードマンらしき男が二人、門番のように身構えている。そのせいか、人が多いフロアでもその前はスペースができていた。点滅する光と爆音に、軽い眩暈を覚える。ここなら多少暴れても人相を覚えられるほどではない。四方にある監視カメラの位置を把握し、念のためにと用意していたサングラスをかける。

ステージ上のＤＪが何事かを叫んだ。観客はみな、腕を上げ縦ゆれを始める。

奥の通路を折れＶＩＰルームに入ろうとすると、案の定二人のガードマンが道を塞いだ。英語で何か言われたが、周囲の喧騒(けんそう)で何を言っているのかわからない。

肩を摑まれ、行く手を遮られる。与一はその小指を握り、思い切り逆方向へ折り曲げる。勢いをつけた分、男の体がくるりと回った。後頭部から床に落ちた男は、そのまま白眼をむいた。

もう一人のガードマンが身構える。フロアの若者たちは、こちらの騒動に気づきもせず踊り続けていた。ガードマンが腰から警棒のようなものを取り出す。スイッチのようなものが見えた。おそらくは電磁警棒だ。与一は振り下ろされようとするその柄を左手で押さえ、ガードマンの鳩尾(みぞおち)に右の拳を叩き込む。下がった顎に膝を当てると、ガードマンはその場に崩れ落ちた。与一はその体を抱き、そっと壁際に立てかける。振り返るも、こちらを気にしている客はいない。みな、この場のビートに身を委ねることに精一杯のようだ。

音楽に合わせ踊ることは、占いに身を任せ行動することに似ている。そんなことを思いながら、VIPルームへの扉を開く。赤いベルベット調の絨毯（じゅうたん）が敷かれた短い廊下があり、扉を閉めると、急に音が遠くに消えた。廊下を三歩進んだ先の扉を開ける。

爆音が鳴る、二十畳ほどの広さの部屋だ。その壁際をぐるりと囲む黒革のソファの奥に、一組の男女の姿があった。二人とも半裸で抱き合い、与一に気づいている様子はない。中央に置かれたガラステーブルの上には、アイスバケットで冷やされたシャンパンとグラス、そして砕かれた白い錠剤と短銃が無造作に置かれていた。

「お楽しみ中すまない。ヤンというのはお前か？」

銃を向けながら近づく。だが与一の声は聞こえていないのか、二人は口づけを交わし続けている。与一は女の後頭部を銃の柄で殴りつけ、男から引き剝（は）がす。驚いた男はテーブルの銃に手を伸ばす。与一はその手首を摑み関節を極め、男の顔をテーブルに押し付ける。白い粉が舞った。

〈なんだ、お前は〉

男が叫んだのは広東語（カントン）だった。歳は四十か五十、むき出しの腹は贅肉でたるみ、顔はパンパンにむくんでいた。その額の中央に、消音器付きの銃口を突きつける。反抗的な眼光が一気に恐怖の色を帯びた。与一はポケットから三枚の写真を取り出し、テーブルの上に並べた。先日、水天宮前で与一を襲った男たちだ。

〈お前が手引きした連中だろう〉

男――ヤンは、写真を一瞥してすぐに与一を見上げた。口を開け、どう答えようかと悩んでいる表情だ。

神宮寺から仕入れた情報によると、ヤンは北朝鮮や中国からの密入国を斡旋する業者で、例の三人を手引きした可能性があるという。

「この世に存在せえへん人間なんておらんねん。出口がわからんかったら、入り口調べたらええねん」とは、神宮寺の言葉だ。

〈依頼人は誰だ〉

三枚の写真に視線を移す。

〈知ってどうする?〉

〈話がしたい〉

ヤンが鼻で笑った。

〈やめとけ。通じる相手じゃない〉

〈それを決めるのはお前じゃない〉

与一はヤンの額に銃口を押し付け、捻(ねじ)る。その視線が与一の背後で倒れた女に移る。見ると女は女性器を露にした状態で気を失っていた。

〈劉(リュウ)に会わせろ〉

与一の言葉にヤンの表情が一変する。

神宮寺から事前に聞かされていたのは、中国系ということであれば大きさから劉、王(ワン)、林(リン)が怪しいのではということだった。手始めに一番大きな中華系マフィアの名を出したところ、どうやら正解だったらしい。

ヤンが、与一の銃を両手で摑んだ。

〈止めろ。撃つぞ〉

与一の威嚇に、ヤンはこれでもかと口角を上げる。

〈トラの餌になるくらいなら、ここで死ぬ〉

ヤンはその体ごと寄りかかり、トリガーにかけている与一の指を押した。乾いた音。ヤンは力なくその場に崩れ落ちた。

「くそ」

思わず声に出た。

——トラの餌？

先日動物園で見た、死体を貪り食うベンガルトラの姿が脳裏をかすめる。

ため息が出る。これでまた糸が切れた。

3

与一の占いは、タロットカードをベースに占星術の要素をプラスした、独自の解釈と方法で編み出したものだ。とは言っても、元は陽菜が傾倒していた占い師、早乙女太源の占いを元にしている。それに与一がデータを重ね、さらに改良を加えたものだ。与一はそれを黄道十二式早乙女版改と名付けた。

黄道十二式早乙女版改は、通常のタロットカードに使う大アルカナ二十二枚と小アルカナ五十六枚の計七十八枚に加え、十二枚のゾディアック——黄道を模したカードを使う。黄道の十二枚は牡羊（おひつじ）、牡牛（おうし）、双子（ふたご）、蟹、獅子（しし）、乙女（おとめ）、天秤（てんびん）、蠍、射手、山羊（やぎ）、水瓶（みずがめ）、魚である。この十二枚は生まれた月日に紐付（ひもづ）き、固定する場合もある。全てのカードは正位置か逆位置かで意味合いが変わる。カードを広げるスプレッドは、占う内容や対象によって微妙に変化を加える。

与一はことあるごとに自身の運勢を占った。外出するとき、仕事を決めるとき、予定を立てるとき。初めの頃は早乙女の占いと照らし合わせていたが、それが寸分違わぬ結果になった頃には、一人で占うようになった。夜、眠る前は必ず明日の占いをする。そうしなければ、起きてから何をすべきなのかわからないからだ。

占いで暗殺業務を抑えろと出たときは、夜の街中に出て易者もした。自分以外の人物を占うことで練度を高め、データも収集できる。多いときは一晩に五十組以上を占ったこともあった。最初は全く占いを信じていなかったカップルが、翌週には目を輝かせてお礼を言いに来たり、なんでもっと真剣に伝えなかったんだと、占いを信じなかった自分を棚に上げわめく経営者もいた。

どんな人物を見ても、過去の自分が重なる。占いを信じずに、身勝手な行動をとった自分だ。そして、それに巻き込んでしまった陽菜も。カードを繰るたびに、もう二度と、同じ過ちは犯さないと肝に銘じる。だがそれが、またさらなる空虚を生む。どれだけ今を占いに忠実に生きても、すでに過ぎたもの、失ったものはかえってこない。

「劉一家とはことを荒立てたくないなぁ」

日付が変わってから連絡を寄越（よこ）した神宮寺が、珍しく弱気な発言をする。

「東京にいるチャイニーズマフィアのドンみたいなやっちゃ。薬、風俗、密輸、強盗、脅迫、恐喝。日本の暴力団より相当タチ悪いで、あいつら。西郷んとこともシャブの売買で取引あるみたいやな」

「そこも繋がっているのか」

「悪そうな奴は大体友達や」

「居場所は？」

「調べたけど、日本に特定の拠点はないみたいやな。いくつかの中華系マフィアを束ねてるらしくて、日本に来たときはそこを転々としてるらしい」

「いくつか？」

「三十以上や」

それをひとつひとつ回るのは骨が折れる。もう間に合わないだろう。決行日は今日だ。電話を切り、与一は念入りにカードを繰る。

カードが示したのは、水難の相、東に注意、生命の危機。

占いの結果が変わっている？

先日、決行日について占ったときは、こんなカードの並びではなかった。念のためもう一度占う。だが、結果はほぼ同じだ。

過去にも何度か、長期の仕事の途中で運勢が変わることはあった。だが、どれも比較的安易に挽回可能なものばかりだった。ターゲットと接触したことが、占いを左右しているのかもしれない。普段であれば仕事を中断するレベルだ。

与一はそれから二回、自身を占った。だが結果は変わらない。神宮寺に電話をかける。

「なんや」

神宮寺はのんびりとした欠伸を返した。

「計画は中止にする」

「中止って、なにをや」

「星子真琴の暗殺だ」

「は？」

「占いが変わった」

「占いが変わったてあんた……前金もろてんねんで」

「全額、耳を揃えて返しておいてくれ」

「ちょい待ち、あんた、それでも――」

これ以上話してもらちがあかない。与一は通話を切ると、スマートフォンの電源を落とした。

時刻は深夜二時を回ったところだ。ひどく疲れた。

ソファの背もたれに体を預ける。目を閉じると、そのまま眠りに落ちた。

だが大して眠れず、朝の四時に目が覚めた。もう一度占うも、結果は同じだ。水難の相、東に注意、生命の危機。壁に貼ったコンサート会場周りの地図を眺める。世田谷区にあるコンサートホールで、周りは公園に囲まれている。皇居を中心にしてみれば、位置は西だ。

4

星子真琴の演奏を聴こうと思ったのは、ただの気まぐれからだ。

仕事をキャンセルしてしまえば今日一日、やることがなくなる。それであれば今日、彼女の行く末を見届けたいと思った。彼女のマンションが見える場所に車を停める。彼女の一日の動向を、この目でつぶさに観察するためだ。

想定よりも早く、舞姫がエントランスに現れた。続いて普段通りの真琴とかんなが現れる。かんなはスーツケースを引いていた。中身はおそらくは真琴の演奏用のドレスだろう。

タクシーを使うのかと思いきや、交差点を素通りし、脇目もふらず歩いていく。バス停も通り過ぎた。

まさか、歩いていくつもりか？

今回のオーディション会場であるオウルシティ世田谷は五年前、真琴が向かった会場と同じだ。五年前、彼女は車でそこへ向かう途中に事故に遭った。そんな経験から、会場までの道のりを交通機関を使わずに進むつもりなのかもしれない。

小走りで追いつけるほど、三人の歩みは遅かった。だが、その足取りはとても軽やかだ。一番前を舞姫が歩き、その後ろを真琴とかんなが並んで歩く。それはまるで、三人の姉妹がこれからピクニックにでも出かけるかのように、とても楽しげに見えた。

信号が赤になり、三人が立ち止まる。与一は距離を取り、スマートフォンで調べ物をするふりをしながら、その様子を観察する。そこでまだスマートフォンの電源を切ったままだと気づく。

真琴は至極リラックスしているようだ。長袖を着ているが、腕に貼られた湿布が袖口から見え隠れしていた。昨日も夜遅くまで練習していた。その成果が今日、試される。

与一は今日の真琴についても再度占っていた。結果は変わらず、オーディションを受けることで命、もしくはそれ相応のものを失う。それから逃れる方法はただひとつ。オーディションに参加しないこと。だが彼女がその選択を取らないであろうことは、この短い付き合いでも十分にわかっていた。

遠くの方でタイヤが軋む音が聞こえた。音の方に視線を移すと、黄色いタクシーが、明らかに法定速度を超えて交差点に突っ込んできた。その先には、信号待ちをしていた真琴たちがいる。

一瞬の出来事だった。大きな衝撃音のあと、三人が吹き飛んだ。与一はその瞬間、不覚にも体が固まって動けなかった。

呻き声をあげながら、なんとか体を起こそうとする真琴とかんな。一番遠くに飛ばされた舞姫は、倒れたままピクリとも動かない。

与一が見た限りでは、舞姫が瞬時に真琴とかんなの前に立ち、二人を弾き飛ばした。車に轢かれたのは舞姫だけだ。

黄色いタクシーの後部座席から、大柄な男が現れた。倒れて気を失っている真琴を担ぎ上げ、タクシーに乗せようとしたところで動きが止まる。かんなが大柄な男の足首を両手で摑み、鬼のような形相で睨みつけていた。

そこで与一は我に返り、タクシーに向かって駆け出す。距離にして、およそ五十メートル。大柄な男はかんなの腹を蹴り上げ、タクシーに乗り込んだ。与一はその後部座席に手を伸ばす。指先がかすったが、扉が閉まったタクシーはそのまま猛スピードで走り出した。腰に差した銃でタイヤを狙撃しようとも考えたが、こんな街中で発砲したらパニックになる。舌打ちが自然に出た。タクシーが舞姫を轢いてから、十秒も経っていない。

プロの仕業だ。遠くなる黄色いタクシーを見つめる。すでにナンバープレートが見えないほど離れてしまっていた。

野次馬たちが集まってくる。倒れたかんなに声をかけ、ゆっくりと起こす。タクシーが走り去った方向を、涙を浮かべた瞳で見つめていた。

「――真琴さん」

かんなが力なく呟いた。起きようとしたので、その肩を押さえ止める。

「動くな。内臓をやられている可能性がある」

大柄な男は安全靴を履いていた。まともに食らえば与一でも無事ではすまない。

「大丈夫です。私、柔道やってましたから」

かんなは鳩尾のあたりをぽんぽんと叩くと、痛みに顔を歪めつつも、むくりと立ち上がる。

「舞姫さん」

かんなが、倒れている舞姫のもとに駆け寄る。手を伸ばしたのでそれを制した。

「動かすな」

頭から血が流れ、道路に血だまりができていた。与一は舞姫の喉元にそっと指を当てる。脈はまだある。

「救急車を」

野次馬に向かって言いかけて手首を摑まれた。見ると舞姫が腕を伸ばしていた。額には血が滲み、前髪が張り付いている。

「――タクシーの、あとを……」

「喋るな」

舞姫はゆっくりとポケットに手を入れると、携帯を取り出した。どこかに連絡を入れるつもりなのだろう。だがその液晶は割れ、電源すらつかない。短い舌打ちが聞こえる。

「――ナンバー、覚えて……」

虚ろな瞳で、舞姫が口を開く。

「何？」

車のナンバーがわかっていれば、追跡の方法はいくつかある。

舞姫は口を開けたまま、動かない。

「ナンバーはなんだ？　おい」

「ちょっと、動かしちゃダメなんじゃないんですか」

かんなが与一の腕を押さえる。

「――私も、連れて……」

舞姫が声を絞りだす。

「馬鹿を言うな」

「――じゃないと、教え、な……」

与一は大きなため息を吐く。これだから女は困る。舞姫の瞳からは、必死の決意を感じた。

「いいだろう。その代わり」

与一は彼女の耳元で囁く。彼女はまばたきでそれに答えた。かんなに目配せをした。かんなは訳がわからないまま、舞姫の口元に耳を近づける。

交差点で停まっていた車の後部座席を開ける。

「おい」

運転席の男が声をあげたが睨み付けると両手を挙げ、車から降りた。与一は舞姫をそっと持ち上げ、後部座席に寝かせる。運転席に乗り込むと、助手席にかんなが座った。

「聞き出したか？」

尋ねると、かんなが頷いた。

車を走らせながら、与一はスマートフォンの電源を入れる。同時に着信が入る。

「アホボケカスぅ！　お前ほんま、ええ加減にせえよォ！」

スピーカーモードにしてすぐ、神宮寺の奇声が車内に響いた。横目で見たかんなの顔は、何事かと引きつっていた。

「なんで仕事をキャンセルすんねん！　あんたにはプロのプライドってもんがないんか？　あァ？」

「星子真琴が攫(さら)われた」

「はぁ？」

「今から言うナンバーの車の追跡を頼む」

そう言って与一は、かんなに目配せする。

「ええと、川崎ナンバーで、あの92……」

「ちょ、ちょい待ち。誰やねん自分」

「あ、深月かんなです。初めまして」

「そんな挨拶はいい。早く追跡しろ」

「あんたなぁ……！」

また罵声を浴びせられるかと思いきや、「まぁ、やる気になったんならええわ」と小さな声がスピーカー越しに聞こえた。

舞姫と取引をした。

君を救う代わりに、深月かんなに車のナンバーを伝えておけと。舞姫はかんなを信用しているのか、条件通りに黄色いタクシーのナンバーを彼女に告げていた。

「依頼人にはまだ何も言うてへん。継続、ってことでええか」

「そういうことだ。早く調べろ」

「――しゃあないなぁ」

神宮寺の声から、棘が抜けた。

警察が管理するNシステムのデータベースにアクセスできさえすれば、移動中の車の検索が可能だ。もちろん、車のナンバーがわかっていることが前提だが。

「狐か狸か獺か。猫か猪でもいればそいつらにも」

「わかってるわい。けど、あいつらNシステムめっちゃ渋んねん。お上のデータベースにアクセスするからその形跡は完全に消さなあかんし、バレたら警察の威信にかけて追われるから、割に合わんらしい」

与一は深いため息を吐いたあと、短く答える。

「知るか」

「言う思たわ」

神宮寺のため息が車内に響く。

「あと、ここから一番近い総合病院の位置を教えてくれ」

神宮寺は与一の位置をスマートフォンのＧＰＳで把握できる。

「そっからなら、決まってるやろ」

電話を切られ、不通音が車内に響く。

「あ、東都大学付属総合病院」

かんなが、真琴が通う病院の名を挙げた。

病院まではそこから五分もかからなかった。緊急外来の入り口で車を停める。駆けつけた警備員が後部座席の舞姫を見て、慌てて受付に走った。

「女子高生」

「深月かんなです」

「彼女を頼む」

「嫌です」

即答で返された。与一は大きく息を吸い込む。

「君がいても、クソの役にも立たない」

これでも、オブラートに包んだつもりだ。

「そんなことはないです」

「あるさ。現に君は、先ほど何の役にも立っていなかった」

かんなはその大きな瞳で与一を見据える。

「次は私の番です」

「次？」

「真琴さんに何かあったら、次は私が盾になる番ですから」

冗談を言うな、と言いかけてやめた。おちゃらけた女子高生かと思っていたが、その瞳から凜とした芯の強さを感じた。スマートフォンが震える。

「場所わかったわ。十分前に碑文谷を通過しとる。その前が若林やから、環七を南下中やな。これから通過点、メッセで随時送るわ」

「ありがとう」

いつもなら切られるはずの通話が切られない。「どうした？」

「いや、あんたが礼を言うなんてな」

窓ガラスがノックされる。ストレッチャーを持った看護師が数名、車の外で準備していた。後部座席のロックを外すと、隊員らは急ぎつつも慎重に、舞姫の体をストレッチャーに乗せた。

「車に撥ねられた。腰と頭を強打している。何かあればここに連絡してくれ」

与一は車に乗ったまま、救急隊員に神宮寺の名刺を手渡した。ダミーカンパニーの、偽名の名刺だ。電話とメールはいくつかのプロバイダを経由して、直接彼女に連絡がいくようにしてある。

「あの、ちょっと」

救急隊の呼び声には答えず、アクセルをベタ踏みする。助手席に座るかんなにスマートフォンを預け、神宮寺から送られてくるメッセージを読み上げるよう指示を出した。

「ええと、馬込(まごめ)、って連絡きました」

与一はアクセルをさらに踏み込み、環七に入る。大量のクラクションが背後から聞こえては消えた。

「あの、ちょっと、飛ばしすぎじゃ」

「喋るな。舌を噛むぞ」

そう返すとかんなはしっかりとシートベルトを握る。メッセージを受信する音が車内に響く。

「ええと、平和島(へいわじま)」

途中何度も車を擦りそうになりながらもやり過ごし、最終地点についた。

「そこから先は何の連絡も入ってへんな」

スピーカーモードのスマートフォンから、神宮寺の声が聞こえた。「一応、付近の地図送るわ」

数秒後、メッセージに地図の画像が添付された。Nシステムの位置がマークで記された地図で、中央に黄色いタクシーの最終確認地点があり、その周囲のNシステムのポイントが線で囲まれていた。

「どうするんですか、これから」

かんなが地図を覗き込みながら尋ねる。

「この円の中にいるのは間違いない。あたりをつけて探す」

「じゃあ、こっちですかね」

そう言ってかんなが指したのは海側だった。

「根拠は」

「ええと」

かんなは一瞬考え込んだあと、顔を上げた。「ずっと一ヵ所にいるわけじゃないと思うし、隠れるなら埠頭にある倉庫、移動するなら、船とか。選択肢が多そう」

一理ある。それに。

急ぎハンドルを繰り、アクセルを踏み込む。

「あ、正解ですかね」

その問いには答えず、与一は海を目指した。

しばらく海沿いを走らせていると、停車している黄色いタクシーを見つけた。ナンバーから、真琴を攫ったタクシーだとわかる。フロントバンパーの凹みが舞姫を轢いたときの衝撃を物語っていた。敵は、あわよくば真琴を轢こうとしていた。死ぬまではいかないまでも、それなりの怪我を負わせることも覚悟の上だったらしい。西郷たちがそこまでするようには思えなかった。

「あの」

かんなが指差す方向に、大型の客船があった。南側には倉庫群が並ぶ。タクシーから東の位置にある船。水難の相。厄災があるとすれば、あそこだろう。

船の出入り口は二つ。ひとつは警備員がいて、乗り降りする乗客のチェックを念入りに行っている。もうひとつは貨物用なのか、大型のトラックが出入りしていた。

「あとは俺一人で」

「嫌です」

またかんなが即答する。苛立ちを伝えるため、わざと大きく息を吐き出す。

「はっきり言う。足手まといだ。君がいたら、成功するものもしない」

「でも」

「時間が惜しい」

ただでさえ、今日は日が悪い。君を守る自信がない。そう言えば、彼女は引き下がってくれるだろうか。

「二手に分かれましょう」

かんなが与一の目を真っ直ぐに見つめる。「私は、真琴さんにずっとついていくって決めたんです。こんなところで、諦めてなんていられないんです」

与一はため息で返す。これ以上何を言っても聞かないだろう。時間の無駄だ。

「好きにしろ。その代わり星子真琴を救ったあと君がいなくても、そのまま船を出る」

「そのときはそうしてください。オーディション、十六時からなんで」

「まだ出るつもりか？」

「当たり前でしょう。真琴さんが、諦めない限り」

汽笛の音が鼓膜を揺さぶる。二人は同時に、船の方を振り返った。

「与一さん、意外に似合ってますね」

「無駄口を叩くな」

同じ制服姿で並んで歩くかんなを窘める。ツインテールは幼く見えるからと、ポニーテールに変えさせた。窓から外を見ると、港はすでに彼方だ。

「それにしても、お金持ちなんですね、与一さんって」

「なにがだ」

「だって、あんな大金をポンって」

船に入るため、貨物トラックの運転手を手持ちの百万で買収した。悩む暇を与えたくなかったからだ。

「あれこれ策を練るよりも確実で早い」

実際、運転手の彼は頼んでもいないのにスタッフルームの場所も教えてくれ、「制服着とけばバレませんよ」とアドバイスまでくれた。与一は何か裏があるかと勘ぐったが、「大金もらって舞い上がってるだけじゃないですかね」とかんなが冷静に分析した。確かに、人間の行動原理は意外にシンプルだ。

船内は思ったよりも広く、さながら高級ホテルのラウンジを思わせた。すれ違うスタッフと会釈を交わす。

「いっこ、基本的なこと、いいですか？」

歩きながらかんなが身を寄せる。

「なんだ」

「この船にいなかったらどうしましょう」

眉を八の字にしてかんなが与一を見上げる。

「陸に残っていれば、二手に分かれて探せたのにな」

「ですよねー」

かんなは肩を落とす。「船の中で二手に分かれても、肝心の真琴さんがいなかったら無駄足です。失敗しました」

「必ずいるさ」

「なんでそう言い切れるんですか」

先ほど、控え室で着替える際に占った。

失せ物、苦労の末に見つけられる。

この場所にいるのはほぼ間違いない。だが、水難の相と死相はより色濃く現れていた。だがそれも、苦労のうちだ。

船内を探索していると、この船がアジア一帯を約一ヵ月かけてクルーズする客船だということがわかった。パンフレットに記載された金額は最低でも百万から。乗客は白人や黒人も多く、身につけている衣服や装飾品から、彼らの生活レベルの高さがわかった。

「どうやって探します？」

「一部屋一部屋探る」

「ちょっとしたマンション以上の部屋数ありますよ」

かんなは顔をしかめ、客船の見取り図が載ったパンフレットを広げた。確かに、ざっと見ただけでも数百の部屋がある。

「他に方法があるか？」

「二手に分かれよう。俺は上層階を、君は下層階を調べろ」

尋ねるも、かんなは首を傾げるだけだ。

「調べるっていっても、どうやって」

「ルームサービスだと言って各部屋を回れ。扉を開けたら中を確認して、いなければ部屋を間違えたと言えばいい。部屋の奥に隠している場合も考えられるから、応対する人物の違和感を探れ」

「――なるほど」

「何かあったらすぐに連絡しろ」

携帯の番号はすでに交換していた。かんなは頷くと踵を返し、早歩きで乗客の間を抜ける。

「ちょっと待て」

与一はその背中に声をかける。かんなはくるりと踵を返し、与一のもとに舞い戻る。

「念のために、渡しておく」

船内図を見ると、上層階に行くには専用のエレベーターを利用する必要があった。行くと体格のいいセキュリティが二人、エレベーターの扉の両隣で仁王立ちしていた。それ以外にひと気はないが、頭上には監視カメラがある。

与一は身を隠し、勢いよく壁を叩く。大きな音が出た。警備の二人は顔を見合わせ、右側のスキンヘッドが首を傾げる。もう一度壁を叩くと、そのスキンヘッドがこちらに向かってきた。角で待ち伏せ、与一の方に視線を向けたところでその顎に掌底を当てる。脳みそを揺らされたスキンヘッドは、そのままゆっくりと前方に倒れ込んだ。与一はそれを抱きかかえるようにして止め、そっと壁際に座らせた。こういう輩は、気を失わせておくに限る。

「おい、何があった？」

左側にいた強面の声が聞こえた。与一はまた壁を叩く。角に身を隠し、足音でその距離を測る。強面は周囲を警戒しながら、じりじりとこちらに近づいてくる。与一は体を低く構え、呼吸を殺して待つ。強面の顔が壁際から出てきた。手には銃を構えている。まずはその手を弾く。だが握力が強いのか、男の手から銃はこぼれない。代わりに胴が空いたので、鳩尾に拳を突き上げた。強面はそれも耐えたが、さすがに呼吸ができずに体をくの字に曲げた。与一は下がった首に手を伸ばし、頸動脈を絞める。徐々に動きが鈍くなり、三十秒も経たないうちに強面は動かなくなった。

気を失った二人を人目に触れない備品室の中に隠し、強面が首から下げていたカードキーを拝借する。案の定、エレベーターを起動させるキーだった。監視カメラの死角からエレベーターに乗り込む。操作盤にはＵＰとＤＯＷＮしかない。

上層階は、下層とは全く雰囲気が違った。窓がないため薄暗く、廊下はさらに質が高そうな絨毯仕様で、飾ってある絵画や彫刻のランクもあがっている。あとは匂いだ。様々なものが入り混じった匂いが、上層階には充満していた。酒と料理、香水に体臭。それに。

もうひとつ、下層と違う点がある。仮面だ。乗客たちはみな、顔の上半分が隠れる、白い仮面を被っていた。仮面の目元には幾何学的な模様が施されていて、人によってそれが微妙に違う。

「おい」

背後から声をかけられた。青い仮面を被った制服姿のスタッフだ。白仮面と同様、上半分が隠れ、鼻先から下が露になっている。

「仮面はどうした」

声と顎周りから、それが年配の男性だということがわかった。

「――すみません。忘れてしまって」

頭を下げると、青仮面がじっと与一を睨みつける。気づかれたか。腰元に手を伸ばしかけたところで、青仮面がため息を吐く。

「事務室に予備がある」

ついて来るよう促され、ＳＴＡＦＦ ＯＮＬＹと書かれた部屋の前で待っていると、青仮面が手に仮面を持って現れた。耳にかけるタイプの仮面だ。装着しても視界の邪魔にならず、つけている感覚が薄い。

「今からイベントの片付けだ。お前も来い」

誘われるまま、与一は青仮面のあとに続く。そんな暇はないのだが、ここで無視して消えたら怪しまれる。極力騒ぎにはしたくない。まずはこのフロアの様子を探るとするか。ある程度わかったら、適当なところで抜けだせばいい。

廊下を歩いていると、壁に背を預け床に座った男女が、顔を寄せ合い談笑していた。二人とも素顔で、目が血走っていた。女性の方は黒いドレスを着ている。男性も黒い正装だった。腰元には白い仮面が置かれていた。男女はお互いの手の甲に顔を近づけ、鼻をすすりあっている。よく見ると、その甲には白い粉がついていた。

「そんなにまじまじと見るな」

青仮面が視線を正面に向けたまま言った。「ここにはここのルールがある。陸の法は通用しない。お前、ちゃんと研修受けたか？」

適当な頷きを返すと、青仮面の口が大きく開いた。

「お前、ひょっとして……」

青仮面は立ち止まると、与一をじっと見つめた。与一は身構える。

「東京から乗船した新人だな。いきなり現場にいれるんじゃねえよ、ったく」

青仮面はどうやら一人納得がいったようだった。

「とりあえず、やりながら覚えろ」

連れてこられたのは大型のホールだった。中は船内とは思えないほどの天井の高さと広さで、中央には鉄格子で囲まれた八角形のリングがライトアップされていた。それを囲むように仮面の乗客たちが立ち見で列をなし、歓声をあげていた。

よく見ると、リングの鉄格子に上半身裸の男が張り付いていた。格子と格子の間に足をかけ、上へと登っていく。

青仮面は人の波を縫うようにしてホールの奥へと進む。獣の鳴き声が聞こえた。乗客らの頭の隙間から覗くと、リング上に黄色い獣が見えた。見間違いかと思い目を凝らすが、間違いない。立派な鬣を持つライオンが、鉄格子を登る男を見上げていた。

「意外に粘ってるな」

青仮面が足を止め、鉄格子に張り付いた男を見上げる。

「これは？」

「娯楽だよ」

ビリビリと電気が放電するような音が聞こえたのと同時に、リング上に男が倒れた。鉄格子に電気が流されたようだ。倒れた男に、ライオンが襲いかかる。悲鳴と歓声がホールに沸いた。飛んできた血しぶきに阿鼻叫喚の声が響く。白い仮面をつけた群衆は、リング上のライオンと彼の食事に釘付けになっている。

「他にもこういった娯楽施設は」

立ち止まりリングを見つめる青仮面に尋ねる。

「あとはオークションくらいだ」

「オークション？」

「そろそろ暗転する。そしたら、リングの清掃を手伝え」

そう言って青仮面は与一の肩を叩くと、リング脇を指した。すでに何人かの青仮面が、出入り口らしい柵の脇でスタンバイしていた。

横を見ると、年配の青仮面の姿はすでにない。

ホール内をぐるりと見渡す。観客はざっと二百人はいる。だがみなが白い仮面をつけているため、その顔は判別できない。薄暗さもある。この中に星子真琴がいたとしても、それを見分けるのはまず不可能だ。

興奮する乗客を尻目に、ホールを抜け廊下に出る。カフェスペースのような空間で、テーブル席で覚醒剤に興じる乗客らの姿があった。鼻から吸飲する者、静脈注射を打つ者、パイプで煙を吸う者など様々だ。

「おい」

声をかけられ、ゆっくりと振り返る。エプロンをつけた青い仮面の男に呼び止められた。男は、下唇の左右に二つのピアスをつけていた。

「ちょっといいか」

喋ると舌先の丸いピアスが光った。与一は警戒しながらも、男のもとに歩み寄る。

「これ、手伝ってくれ」

ピアスの男の視線の先に、テーブルに突っ伏す黒いドレスの女の姿があった。二十代後半くらいで、その横顔にどきりとした。与一は急いでその肩を揺さぶる。まだあどけなさが残るその口元から、微かに泡を吐き出していた。与一はほっとする。痩せてはいるが、彼女ほどではない。他人の空似だった。

「T5をキメすぎた。医務室に運んでくれないか?」

「T5?」

「知らないのか？　最高級のメスだ」

与一は知らないふりをして首を振る。ピアスの男が続ける。

「最近じゃパタリと見なくなったが、いまだに根強い人気のメスだ。元が通常の三倍の値段なのに、今じゃさらにその倍出してでも欲しいって客がうじゃうじゃいる。いまだに本物を扱ってるのはこの船くらいだから、馬鹿みたいな値付けでも飛ぶように売れる。いよいよ在庫が無くなってきた」

神宮寺の仮説と辻褄が合う。星子俊明が亡くなったことで、T5の供給が途絶えているのだ。となれば、この船内に星子真琴がいる確率は高い。

与一は医務室の場所を教えてもらい、女を担ぎ上げようとしたところで、肩を叩かれた。ピアスの男が口角を上げた。

「いいピアスだな」

ピアスの男は与一の左耳、逆さまのケンタウロスを指差した。与一は微笑み「あんたのもな」と言い返す。

黒ドレスの女を担いでいると、スタッフが率先してエレベーターを開けてくれ、医務室までの道のりを親切に教えてくれた。

「自業自得だが、死なれたら困る。大事な顧客だからな」

ある一人がそうこぼした。本心からだろう。

「そこに置いておいてくれ」

医務室に入るや否(いな)や、目が赤くボサボサの髪をした医者が椅子に座ったまま言った。視線の先には一人がけのソファがある。

「大丈夫、死にはしない」

与一が口を開こうとすると、赤目の医者が呟くように言った。医務室に並べられた三つの簡易ベッドは、全て埋まっている。横たわった乗客らの腕に刺された点滴を、看護師がひとつひとつ確認していた。

「一番端、もう大丈夫だから、部屋に運んでくれ」

机で書き物をしながら、赤目の医者が言った。壁際のベッドには、白髪の老紳士が安らかな表情で寝息をたてている。枕元には「０９０７」と書かれた黒いカードが置かれていた。

「九階だ」

与一は白髪の紳士を背負い、九階に向かう。医務室から上は居住区だからだろうか、エレベーターの周囲にも警備員らしき人物はいない。老紳士のカードキーを使って０９０７号室に入り、靴を履いたままの彼をベッドの上に寝かせた。頬を軽く叩くも、全く起きる気配はない。

ここを拠点に星子真琴の捜索を始める。隣から、時計回りに——。

振動音が紳士から聞こえた。ポケットの中の携帯が震えている。発信者は『中本(なかもと)』と出ていた。通話ボタンを押す。

「山崎(やまざき)さん、どこ行ってたんすか。そろそろ始まりますよ」

「何が」

くぐもった声で返す。相手はこの老紳士の携帯にかけている。よほどではない限り、出た相手をこの男だと思うはずだ。短い言葉であればまずはバレない。

「何がって、オークションですよ、オークション。そのためにこの船に乗ったんでしょ？」

「あ、ああ。場所って……」

とぼけたふりをする。

「もう、しっかりしてくださいよ。十階の崑崙（コンロン）の間です」

しばらく考えて、ある推測が脳裏に浮かんだ。


クローゼットに吊るされていた老紳士山崎の服と仮面、そして黒いカードキーを手に、十階に上がった。人の列ができていたのでそれに並び、前の客と同様カードキーを受付に見せると、七インチほどのタブレット端末を手渡された。

「もう間もなくで開始です」

扉を開けている体格のいい青仮面が声をかけた。

会場は小さな映画館のようで、座席は決まっていないのか、みな思い思いの場所に座る。与一は出口に近い後方の椅子に座り、会場内を見渡した。山崎の携帯が着信する。会場の一番前、真ん中あたりに、携帯を耳に当てながら周囲をうかがう白仮面の男がいた。おそらく彼が中本だろう。心配して部屋に向かわれたら困るため電話を取り「今トイレだ。もう少しかかる」とだけ言い残し、即通話を切った。中本であろう男は携帯画面を見つめたあと肩を落とし、渋々と座席に座った。同時に、会場内の照明がふっと消えた。

舞台の上手から、タキシードを着た赤い仮面が現れた。赤仮面が指を鳴らすと、舞台上のスクリーンに『No.1/Japanese/W/19/A/165.49/88.57.86』という文字が映し出された。歓声と拍手が沸き起こる。舞台上に、裸の女性が現れた。歓声はさらに大きくなる。手に持ったタブレットの画面の一部が、赤く点滅していた。それをタップすると、舞台上にいる裸の女性の立体図が表示される。画面に触ると、前後左右、３Ｄで裸の女性が動いた。ふと、画面の右端の数字が徐々に増えていることに気がつく。

五百、七百、九百、九百五十……。その数字を見て与一の推測は確信に変わる。

「商品は、人間か」

タブレットの数字が、四千五百七十七で止まり、点滅する。まばらな拍手が沸き起こった。

舞台左前方、背の高いすらっとした白い仮面の男が立ち上がり、大げさに手を振った。裸の女性は虚ろな表情のまま舞台袖へと消えていく。

舞台上の赤い仮面が無言で右手を高々と掲げると、スクリーンの文字が切り替わる。『No.2/Chinese/M/19/A/177.75/88.78.83……』

星子真琴がこのオークションに出品される。

可能性としては、無くはない。与一は山崎の携帯から、中本にメッセージを送る。

〈今朝食べたものが悪かったらしい。もう少しかかる。ちなみに、今日の出品数はいくつだ？〉

すぐに返信がある。

〈大丈夫ですか？　タブレット持ってます？　あ、タブレットは受付でもらうのか。それに今回のエントリーが一覧で載ってるんで、とにかく早く来てください〉

与一は中本の指示通りタブレットを操る。表示されたのはスクリーンに映し出された数字——出品番号と人種や年齢などを示す数字の羅列だった。ひとつ、九歳というものがある他は全て十代で、二十代以降はない。与一は中本にメッセージで礼を言うと、席を立った。

星子真琴はここにはいない。やはり、部屋をひとつひとつ調べるしかなさそうだ。

会場を出ようとすると、警備の青仮面が前に立ちはだかった。与一は行きと同じく、黒いカードキーを提示する。青仮面はそれを手持ちの機械に通すと、「確認文言をお願いいたします」と言った。

「確認文言?」

青仮面は口の端を上げたまま、無言で与一の前に立つ。

「全体のものと、個別のものをそれぞれ」

「知らん。忘れた」

逆にキレるという選択肢を選ぶ。青仮面が客を大事にするのは、先ほど黒ドレスの女を運んだときにわかった。青仮面がもう一人増えた。いや、背後にも二人。正面の青仮面が、腰から警棒を取り出した。手元のスイッチを押すと、バチバチと電気が流れた。

「もう一度だけお尋ねします。三秒以内にお答えください」

山崎の部屋の中にあったものを思い出す。だがそれらしいものは思いつかない。占いの結果に、何か暗示するものはなかったか——。

「規則ですので」

そう言われ、背後に激しい痺れを感じた。倒れてからもさらに追い討ちをかけられる。三発目以降は、記憶にない。

＊

嫌がる彼女を無理矢理タクシーに乗せ、新幹線に乗り込んだ。

思っていた以上に彼女の機嫌が悪い。車内販売の弁当にも手をつけない彼女を、なんとかあの手この手を使って宥める。だが、効果はまるでなさそうだ。

彼女曰く、今日は外出していい日ではないらしい。遠出など論外だと。

彼女がそう言う根拠は、占いだ。

早乙女太源。彼女が傾倒する占い師だ。世間的には全く有名ではないが、口コミでその凄さが広がり、今では彼に占ってもらうのに一ヵ月以上待たなければならない、知る人ぞ知る占いの権威、だそうだ。占い好きの友達に紹介されてから、彼女は月に一度早乙女にみてもらっているらしい。

相当腹を立てているのか、彼女は品川から名古屋まで、一切口を利いてくれなかった。

だがさすがに、京都駅に降り立ったところで口を開く。

なんなのよ、いったい。

まあまあと彼女をいなしながら、烏丸口からタクシーに乗り込んだ。清水寺に着いたところで何かに気づいたようで、なんでここに？　と尋ねた。

なんでって、約束しただろ。

約束ってなによ。

プロポーズだよ。

勢いあまり、用意していた台詞が飛んで直球になってしまった。

彼女はとても驚いた顔を見せたが、その後、顔を真っ赤にして笑った。

中高同級生だった。付き合い始めたのは高校からで、きっかけは修学旅行だ。場所は京都、まさに清水寺の舞台から飛び降りるつもりで、この清水寺の舞台上で告白した。彼女は、私、結婚願望強いんだけどと意外な台詞を吐いたので、プロポーズもここでするからと返した。そのときも、彼女は顔を真っ赤にして笑った。

高校を卒業してからは大学がお互い地方で離れ離れになり、どちらからともなく別れ話を切り出した。それから五年後、偶然立ち寄ったジャズバーでピアノを弾く彼女と再会した。最初はそれが彼女だと確信を持てなかったので、しばらくそのバーに通い詰めた。彼女がピアノを弾けるなど、知らなかったからだ。そのうちにその店のマスターと仲良くなり、それが彼女であるとわかった。

どう話しかけようか悩んでいるうちに、彼女の方が気づいて声をかけてくれた。とても嬉しそうで、マジであの占い師凄いんだけどと、口元で両手を合わせた。そのときはその言葉の意味がわからなかったが、あとでその占い師が早乙女太源だとわかった。

近々運命の人と再会するって言われてたの。

そう言ったあと彼女は顔を真っ赤にして、バックステージに駆け込んだ。

ジャズは彼女から教わった。セロニアス・モンクとオスカー・ピーターソンのCDは、彼女から借りたままだ。

機嫌を直した彼女の手を握り、五条(ごじょう)大橋を渡る。そのときの会話は、あまり覚えていない。本当に、どうでもいい話をしていたように思う。

四条(しじょう)烏丸の交差点で信号を待つ。

で、返事だけど。

早いとは思った。だが、どうしても聞かずにはいられない。

えー。

彼女は困った顔をする。それからまた顔を真っ赤にして、微かに、笑った。

今日の運勢、最悪だって言われてたんだけど。占いって、あてにならないわね。

白い歯が印象的だった。

それが、生きた彼女を見た最後だ。

彼女は一瞬で目の前からいなくなった。

風を感じた。

交差点に突っ込んできた四トントラックは、百貨店の回転扉を破壊し、白い煙を出しながら止まっていた。後方のタイヤが、カラカラと力なく回り続けている。

彼女の名を叫ぶ。トラックの正面にいるはずの彼女からは、返事がない。

——陽菜。

何度も、何度もその名を呼んだ。

第6章

1

「与一さん」

名を呼ばれ、目を開ける。背中と脇腹の痛みに歯を食いしばる。

「大丈夫ですか？」

目の前にいるのは星子真琴だ。手を伸ばそうにも、背後に回された両手は動かない。拘束され、車椅子に座らされていた。

「劉さん」

真琴が振り返った先、長く重厚感のあるテーブルの奥に、老人が座っていた。

「ああ、よかったよかった」

好々爺の老人が、与一と真琴の方を見て笑う。「すみませんね。確証が持てなくて、そんな対応で」

老人には見覚えがあった。だがそれがどこでのことだったのか、記憶に薄い。最近見た記憶があるのだが。

ああそうだ。ムーンにいた老人だ。こいつが、劉か。

真琴が与一の背後に回る。

「じゃ、これ、取りますから、ね」

背後で鉄が擦れ鍵が開く音がしたあと、両手が自由になる。真琴は手に黒い手錠を持っていた。

腰元に差していた拳銃がなくなっている。胸ポケットに入れていたカードもない。

「せっかちだな、真琴ちゃんは。ええと、与一さんだったかな？　おやつ、いっしょにどうだい？」

「おやつ？」

老人の背後の壁掛け時計は十五時を少し過ぎていた。気を失ってから数時間が経過している。

いや、それよりも。

「オーディションならさっき運営に電話を入れて、明日にずらしてもらいました。念のため、明日の最後の出番でってことで」

「――ああ」

ほっとした自分に驚いた。同時に、真琴に対し違和感を覚える。

テーブルの上には様々なケーキとマカロンが、見るからに高そうな皿の上に並べられていた。

「劉さん、足錠の鍵は」

「ケーキ食べるだけなら、手だけで十分だろ」

老人は笑顔だが、目は笑っていない。背後に気配を感じたときには、車椅子を押されていた。

その手の甲には、薔薇の刺青が入っていた。見上げると、色黒で背の高い男だった。水天宮前で与一を撒いた男だ。

「張(チャン)、取り分けてくれ」

線の細い痩せた黒縁眼鏡の若い男が、与一の横に現れた。気配を全く感じなかった。

「どれがいい?」耳元で囁かれた。

「特にない」

張が鼻で笑い、手近な皿からケーキをいくつか見繕う。

「ま、とりあえず食べよう。オーディションは明日だ。真琴ちゃんは練習しすぎだ。今日くらいは体を休めて、明日に備えよう」

真琴は頷くと、いただきますとケーキを食べ始める。劉を信頼しきっている様子だ。それに、心なしか顔色も良さそうだ。

「体は大丈夫か?」

真琴に尋ねる。

「ええ。いたって健康、ですけど」

なんでそんなことを聞くのか不思議そうな顔をしている。

「事故の件、覚えてないのか」

「事故?」

「今朝、交差点で車に轢かれた」

真琴は眉根に線を入れ、首を傾げた。

「——あれ、演出じゃなかったんですか?」

「演出？」

「サプライズですよね？　オーディションの日程を一日後ろにずらして、万全の体調で臨もうって。ついでに豪華客船のクルージングまでさせてもらっちゃって。かんなちゃんと舞姫さんも協力してくれたって聞きました。私、本当にびっくりして」

「誰がそんなことを」

真琴の視線の先で、老人がニコニコと笑っている。

「こいつが誰だがわかっているのか？」

正面でショートケーキを頬張る真琴に尋ねる。真琴はそれを飲み込んだあと、口を開いた。

「誰って、劉さんです。ちょっと、説明するのが難しいんですけど」

旧知の仲なのは見てわかる。だが、その接点がわからない。

「私が入院してた病院のリハビリでいっしょになったんです。劉さんは腰を悪くしてたとかで、毎日顔を合わせるうちに、仲良くなって」

真琴が劉の方を見る。劉は静かに笑っている。

「それだけか？」

直感で踏み込んだ。真琴は頭を掻く。

「あとは、たぶん……おとうさんの知り合い」

まだ何かある。与一はさらに次の言葉を待つ。

「ちょっと、ここで言うのは」

真琴がうつむいた。明らかに劉の視線を気にしている。

「構わんよ。真琴ちゃんにどう思われてるか知りたい」

劉がテーブルの前で両手を組む。真琴は劉と与一を交互に見つめたあと、息を呑んだ。

「たぶん、なんですけど」

そう言ったあと、真琴は水の入ったグラスに口をつけた。「私に移植された心臓に、関係、あるのかなって」

歯切れが悪い。

「関係？」

「ええと」

真琴は劉を見る。「私の心臓の、ドナーの、血縁者」

劉は顔の前で両手を合わせ、表情を変えず真琴をじっと見つめていた。

死んだはずの親しい人物が生きている。それがたとえ臓器の一部だったとしても、愛しさは変わらない。いや、失ったからこそ、より一層の愛情を抱くのかもしれない。子か孫か――いずれにしろ劉の血縁者の心臓が、真琴に提供された。真琴はそう言いたいのだ。

だが、与一はどこか引っかかっていた。それは劉の表情から受けた印象と、彼がマフィアのドンだという事実からだ。

「関(クワン)」

劉が、与一の背後に立つ色黒の男に向かって言った。「だそうだ」

張が右手を関に差し出す。関は舌打ちをするとポケットから財布を取り出し、一万円札を三枚、乱暴にその手のひらに載せた。

「わしの芝居も、捨てたもんじゃないだろ」

劉が笑いを堪えている。

「劉さん？」

真琴が不安げに尋ねた。

「ああ、すまない。わしが誰か、だったな。まあ半分正解で、半分不正解だ」

「半分？」

その言い方が引っかかった。ある推測を口にしてみる。

「人身競売」

与一の言葉に、劉が指を鳴らす。

「なんだお前、知ってたのか？」

「人身競売？」

「この船の中で、人がオークションにかけられていた。君の心臓はおそらく」

「え？」

真琴の顔色が、一気に青ざめる。「オークション？」

与一はゆっくりと頷く。真琴は何かを思案しているようで、口を開けたまま固まっている。

「君のドナーの最終値は二億八千万。あの日の最高額だった。海で育った漁師の娘で、素潜りが得意だと聞いていた」

劉が落ち着いた口調で言った。

「海で、育った……」

真琴は胸に手を当て、眉根を寄せる。

「君の父、星子俊明も、五年前ここに来た。ちょうど君が事故に遭って生死の境を彷徨(さまよ)っているときだ」

「おとうさんが？　何しに……」

「だから、君の心臓のドナーを探しにだよ」

「――おとうさんが？」

「わしのアテンドでな。君の心臓に適合するドナーが見つかって、泣きながら何度も頭を下げられたよ」

「――その人は」

「うん？」

「その、私に、心臓をくれた人は……」

劉は鼻で笑う。

「生きてるわけないだろう。心臓だぞ。まあ、彼女の家族は大満足だ。一生遊んで暮らせる金を、一夜にして手に入れられたんだから」

真琴は突然えずき、先ほど食べたケーキをテーブルの上に吐き出した。吐瀉物(としゃぶつ)を見てさらにえずき、もう一度吐き出す。量は多くない。真琴は口元から垂れたよだれを拭(ふ)こうともせず、うつむいたまま、その肩を震わせ始めた。

「おいおい。全く、父親に似て礼儀知らずな奴だな」

「なぜ彼女を攫った？　その心臓を返してもらうためか」

与一の問いに、真琴が視線だけ上げた。充血したその目で、劉をじっと見つめている。

「一度移植された臓器が売り物になるわけないだろう。それに見てみろ、このガリガリな体を。競りに出したところで、大した値はつかん」

真琴は劉の豹変ぶりに、戸惑いを隠せない様子だった。

「——じゃあ、なんで私をここに」

絞りだすようにして真琴が言った。

「餌だよ」

「餌？」

「そうだ。これ以上ない餌だ。君は」

「どういうことだ？」

与一が尋ねるも、劉はただ笑うだけだ。

「関」

色黒の男が、一歩前に出た。

「もうこいつはいい」

「檻にでも入れますか」

「そうだな。ここで見られたっけ？」

関がテーブルの上に置かれたリモコンを操作すると、壁に備え付けられた液晶の電源が入る。

画面には先ほどのライオンがいたリングが表示されていた。

「次は？」

関が目配せすると、張が答える。

「ミッキーですね」

「コンディションは？」

「一週間メシを与えてません」

劉は満足そうに頷いた。

「一人だと間がもたないだろうから、そうだな。あの医者も入れとけ」

「いいんですか」

「連絡はさせたんだよな」

「はい。写真も送らせました。携帯も没収しています」

「ならいい」

劉はそう言うと顎を上げ、それを合図に、関と張が与一の両腕を押さえた。車椅子に座らされたまま、体の前で手錠をかけられる。

「与一さん」

不安に瞳を潤ませた真琴が、与一を見つめる。

頭に何か被（かぶ）されたのか、突然視界が遮られた。

2

オーディションの日程が変更されたのであれば、星子真琴の運勢も変わる。早く占いなおしたい衝動にかられた。だが、与一は頭に袋を被せられ、手足を手錠で繋がれたまま車椅子で移動させられている。

頭に被せられたものを乱暴に剝ぎ取られる。視界にあるのは、薄暗い通路だ。背後で車椅子を押していた関と張の姿はなく、青い仮面のスタッフが、与一を事務的に立たせた。両脇をその青仮面に押さえられ、目の前の扉が開かれる。

歓声に迎えられ出たのは、先ほどの大ホールだ。白い仮面の観衆は大口を開け盛大な拍手を与一に送っていた。ほとんどがクスリをキめているのだろう、舞台上から見るとみな興奮状態にあるのが一目瞭然(いちもくりょうぜん)だ。

青仮面に押され、黒い布を被された男が与一の隣に立つ。その傍に、関と張がいる。黒布を被された男は与一の気配に気づくと身構え、観衆の声にも体を震わせている。荒い呼吸が、布越しに聞こえた。

八角形の檻の前まで押される。高さ三・五メートル、一辺の幅は五メートルといったところか。奥行きはかなりある。マットは綺麗に磨かれていた。だが血と糞尿、獣の匂いが混じった生臭さは拭いきれていない。

隣の男の黒い布が取られる。殴られて顔は腫(は)れているが、見覚えがあった。後藤という心臓外科医だ。与一を見て驚き、正面の檻を見てさらに顔を青くする。

「一分はもってくれよ」

関が与一と後藤の肩に手をかける。

「い、一分？」

後藤が目を丸くする。関が舞台周りにいるカメラマンに視線を送る。

「観客は秒単位でお前たちがミッキーに食われるまでの時間を賭けている。世界中にネット中継もしている人気コンテンツだ。日によっては、百万ドルの金が動く」

「ミッキー？」

尋ねるも、関はにやつくだけだ。

与一の言葉に、関と張が顔を見合わせる。それから同時に笑った。

「そいつを俺たちが倒したら？」

「できるもんならやってみろ。武器はない」

「大穴は五分以上だが、まだそれに賭けて勝った奴はいない」

檻の錠が外され、扉が開かれる。

「ちょ、ちょっと待ってくれ。劉さんにまだ伝えてないことが……」

後藤の言葉に、関と張がまた顔を見合わせる。二人が同時に口を開く。

「もう遅い」

勢いよく背中を押され、檻の中に倒れ込む。床から、さらに強烈な血と臓物の匂いがした。後ろで檻の鍵が閉まる音が聞こえる。

「おい」

与一は両手を胸の前で掲げる。足錠は外されたが、手錠は繋がれたままだ。

「ああすまん。忘れてた。悪いがそれで頑張ってくれ」

関の言い草から、故意だとわかる。悲鳴をあげながら、後藤が与一の背後に回り込んだ。

檻の中は外から見るよりも広く、テニスコートほどの広さに感じられた。

正面の鉄格子がゆっくりと開く。目を凝らすと、薄暗い闇の中から、丸太のように太い足が一本、前に出た。客席からの歓声も最高潮に達した。後藤が袖を引く力も強くなる。トラだ。それもこれは――ベンガルトラだ。

暗がりから姿を現したトラに、後藤が情けない声を出した。その気持ちもわかる。体長はおそらく三メートル以上はあるだろう。先ほど見たライオンよりもひと回り大きい。左手奥にある電光掲示板が、カウントアップを始めていた。

――トラの餌になるくらいなら、ここで死ぬ。

今際の際のヤンの言葉を思い出す。こういうことか。

後藤は後ずさり、鉄格子を登り始める。

「おい」

「な、なんだよ」

「それ以上は上がらない方がいい」

後藤は与一の忠告を無視し、鉄格子に足をかけ一メートルほどの高さまで登る。さらに手を伸ばすと鉄格子に電流が走り、バチバチという音がホールに響く。驚きの声をあげた後藤が、背中から落ちた。

悶絶する後藤を尻目に、与一はため息を吐く。序盤だから逆によかったか。

ベンガルトラが吠える。その迫力に、倒れた後藤は口を開けたまま身動きがとれずにいた。歓声がさらに大きくなる。

中央の柱を挟み、ベンガルトラがゆったりとした歩みでこちらに近づいてくる。与一は柱の対角線上に立ち、距離を取る。トラが柱を右に回り込もうとすれば左に、左から回り込もうとすれば右に移動する。ベンガルトラは焦るでもなく、じっくりと与一と後藤を観察しながら、柱の周りをウロウロと歩く。後藤は肩で息をしながら与一の背中に隠れ、必死の形相でベンガルトラの様子をうかがっている。

「邪魔だ。少し離れろ」

背後で身を隠す後藤に言った。後藤は体を縮ませながら一歩後ずさる。

毛並みが綺麗な絶滅危惧種。檻の中から見るその姿は、猛獣というにはあまりにも神々しく見えた。仮に銃があったとしても、その肉厚で屈強な体に、果たしてそれが通じるだろうか。それに、全く足音がしない。あの大きな肉球が衝撃と音を吸収しているのだ。ジャングルで背後から襲われたら、大抵の人間は気づかずに殺されるだろう。それほどまでにベンガルトラの動きは洗練されていた。動物園で見たトラとはひと味もふた味も違う、野性の凄みをひしひしと感じた。

背後でつまずく音。振り返ると後藤が膝をついていた。殺気を感じベンガルトラを見ると、すでにその牙(きば)が与一に伸びていた。しゃがみ込み、すんでのところでそれを躱す。ベンガルトラはそのまま、倒れた後藤に飛びかかった。与一は立ち上がり、ベンガルトラの横腹に思い切り体を当てる。ベンガルトラの軌道は逸れ、その爪(つめ)は間一髪で後藤の頬をかすめた。

頬は滲み、瞬く間に顎の先から血が滴り落ちる。邪魔をされたベンガルトラは首を振り、大声で吠えた。口笛、拍手、ため息と感嘆の声が混じった大歓声がホール全体を揺らす。電光掲示板を見る。まだ三十秒しか経過していない。

ベンガルトラは攻撃され、明らかに与一らを警戒し始めた。先ほどまであった隙はなくなり、目の前の獲物をどう仕留めるかを、ただ真剣に考えている。

さて、どうしたものか。

不意に観客席のある人物に目が留まる。相手も気づいた。与一が目配せをすると、狙いを瞬時に理解したのか、小さく頷き返した。

「おい」

肩越しに、背後に立つ後藤に声をかける。後藤は目を瞬かせ、与一とベンガルトラを交互に見る。

「いい考えがある」

怯える後藤に耳打ちする。後藤は目を見開き、口をぽかんと開けたまま言った。

「む、無理だ、そんなこと」

「無理なら死ぬしかない。伸(の)るか反るかだ」

ベンガルトラが吠える。観客の期待と興奮が、リング上までビリビリと伝わってくる。

「――ああ、クソっ！　もう！　わかったよ！」

さすがは天才と言われた心臓外科医。決断力はあるようだ。

後藤と与一は二手に分かれた。檻の端と端だ。ベンガルトラは左右を交互に見て、後藤に狙いを定めた。当然だ。より捕食確率の高い方に食指が動くのは、獣としての本能だろう。後藤を狙いつつも与一への警戒を怠らないのもさすがだ。

ベンガルトラは歩みを止めた。体の重心を後藤に向ける。

後藤に襲いかかろうとした瞬間、与一はその首に向かって飛び込んだ。振り払われないよう、しっかりとその首筋にしがみつく。ベンガルトラは体を大きく上下に揺らし、前足で与一を摑もうと爪を向ける。だが前足は自身の背後までは届かない。ベンガルトラは立ち上がり、体を大きく揺さぶる。与一はしっかりとその体毛を摑み、それを思い切り捻った。

体勢を崩されたベンガルトラは大きな音をたて、檻にぶつかる。二百五十キロはあろうその巨体の衝撃に、檻が軋んだ。

「与一さん！」

歓声に混じって名を呼ばれた。スタッフに変装したかんなが、観客席の最前列まで来ていた。かんなは懐から取り出したものを与一に向かって放り投げる。ベンガルトラから離れた与一は、檻の隙間を抜けたそれをキャッチし、向き直る。一瞬で体勢をたて直したベンガルトラは口を開け、与一に襲いかかる。その口内に銃口を向け、与一は引き金を二回引いた。トラは勢いを緩めない。避けきれず、そのまま下になった。与一の首筋めがけ、トラが大きな口を開けた。与一はピンと張った手錠の鎖をその口の間に挟み、押し返す。血が混じった唾液（だえき）が、与一の顔に垂れた。ベンガルトラがその大きな顔をブルブルと振ると、その液体はバラバラと檻の中の床に飛び散った。だが徐々にその動きも胡乱（うろん）になり、そのままベンガルトラは、電池が切れたおもちゃのように、ぐったりと首をもたげた。

「おい」

与一は傍でへたりこんでいる後藤に呼びかける。後藤は腰を抜かした様子で、呆然（ぼうぜん）と与一を見つめていた。「すまないが、こいつを退けるのを手伝ってくれ」

トラから解放され立ち上がった頃には、檻の外はしんと静まり返っていた。白い仮面の観客らはみな、口を開け呆然としている。背後の電光掲示板を見ると、すでに五分が経過していた。

「大丈夫ですか？」

檻の柵を握り、かんなが覗き込む。与一は手に持った銃のグリップをかんなに向けた。二手に分かれたとき、念のために渡しておいたのが役立った。

「開けてくれ」

かんなは一瞬驚いた表情を見せたが、すぐに与一の言葉を理解し、檻越しに銃を受け取る。それを構えて檻の入り口にいる青仮面のスタッフに詰め寄った。

「鍵を出して」

そう言って、天井に向かって引き金を引いた。その銃声に、観客たちは蜘蛛の子を散らすように逃げ出し始めた。脅された青仮面たちはすぐに鍵をかんなに手渡した。

檻から出ると、青仮面たちスタッフ数人が後頭部に両手をつけ、跪いた格好で床に頭をつけている。かんなが震えながら、構えた銃で脅していた。関と張の姿はない。

「どうやってここまで」

かんなに手錠を外してもらいながら尋ねた。

「下の階をうろちょろしてたら、青い仮面の人に『人手が足りないから、手伝いに来い』って言われて」

与一はかんなからまた拳銃を預かり、その場にいるスタッフの通信機器を取り上げた。腰に備えられている手錠を、そのまま彼らの手首に回す。

「あの、これ」

かんなが大きめの鍵を与一に向けた。鉄格子の奥にある、もうひとつの檻の鍵だろう。与一はそれを手に、鍵を開ける。スイッチを押すと檻が開き、中からライオンが現れた。先ほど中年男性を殺したライオンだ。倒れたベンガルトラに興味があるのか、鼻を寄せ匂いを嗅いでいる。鉄格子の扉は開けたままだ。

「真琴さんは？」かんなが尋ねた。

「扉を出て右に五十メートルほど行ったところに、エレベーターがある。そこから三フロア上の個室だ」

頭に袋を被されていたが、エレベーターの降下時間と車椅子で進んだ秒数は数えていた。だが、彼らはこの様子をモニター越しに見ていた。今もそこにいるとは思えない。

——いや。

「迎え撃つつもりかもしれない」

大勢の足音が近づいてくる。おそらくは異変を察した警備員たちだ。

「行くぞ」

与一はかんなと後藤を一瞥し、エレベーターまで駆けた。

3

「真琴さん」

かんなが部屋の中を歩き回る。奥の部屋を見るも、誰もいない。

部屋はもぬけの殻だった。

テーブルの上には皿に載ったケーキと、まだ湯気が立つマグカップが置かれている。壁掛けのモニターには、先ほどまで与一と後藤が入れられていた檻が俯瞰（ふかん）で映し出された。その外を、立派な鬣のライオンが闊歩している。青仮面たちはそのライオンを囲むが、みな十分すぎる距離を取り、均衡状態が続いていた。電光掲示板のカウントは止まっておらず、すでに二十分が経過している。

備え付けの棚の上に、与一が所持していたスマートフォンと銃、カード類が無造作に置かれていた。

「真琴さん、ひどいことされてなかったよね？」

所持品をポケットに入れていると、かんなが尋ねた。タメ口なのが気になったが、「普段と変わらない様子だった」と答えた。だがそのすぐあと、具合を悪くしていたのを思い出す。

「ちょっと、何かあったんでしょ」

この女子高生は、意外に鋭い。

「そこに座って、少し吐いたな」

「え？」

かんなが真顔になる。「毒でも盛られたってこと？」

「いや、普通に気分が悪くなったようだった」

「普通にって、何？」

「今はそれどころじゃない。星子真琴を探す方が先だろう」

与一の正論に、かんなは口をつぐむ。部屋の入り口では、後藤が呆然とした様子で真琴が座っていた椅子を見つめていた。

「どうした?」

呼びかけると、後藤は拾われた子犬のような顔を見せる。

「そもそも、なんで後藤さんがここにいるの?」

かんなが尋ねるも、後藤は答えない。

「とりあえず、その話もあとだ」

与一は部屋を出て、左右を見渡す。扉があるも鍵がかかっていた。銃で鍵穴を壊す。銃声に驚いたかんなと後藤は、お互いに身を寄せ合った。

扉を開けると、非常階段が上下に伸びていた。与一は階段を上へと駆ける。踊り場を二つ越えたところで、出口の扉があった。勢いそのまま体当たりで扉を開ける。

陽の光と、粘り気のある海風を感じた。船の甲板だ。バラバラと音がする方向へ向かう。開けた場所にヘリコプターがあり、その窓ガラス越しに、目を閉じて座っている真琴の姿が見えた。眠らされているようだ。ヘリは宙に浮かび、その場を旋回し始める。中には劉と関、張の姿も見えた。

「真琴さん!」

遅れてきたかんなが上空に向かって叫び声をあげた。そのままヘリは北東へと飛び立ち、瞬く間に豆粒ほどの大きさになる。

与一はスマートフォンを手に取る。ワンコール目で相手が出た。

「正確な現在位置を知りたい。それと、ここから飛び立ったヘリの行方も」

「前者はあとで座標を送るわ。後者は、何言うてるかようわからん」

「星子真琴がヘリで攫われた」

「は？」

「今俺が乗っている客船から、ほんの数秒前だ」

「またかいな。無駄足やんけ」

確かに、ターゲットに逃げられるなど大失態だ。

「ヘリの型は？」神宮寺が続ける。

「ヘリの型？」

「せや。何人乗りやった？」

「操縦士を入れておそらく五人だ。スピードは、かなり早かった」

「五人乗りで早いんやったら、機体の飛行距離的にそっから四、五百キロってとこやな。どっち行った？」

「北東だ」

スマートフォンが震えた。通話状態のまま、画面をタップする。マップアプリが起動し、現在位置にピンが立ち、そこから半径五百キロの箇所が円で囲われていた。ピンは浜松(はままつ)の真下の太平洋にある。四国、本州の大半がすっぽりと円に入っていた。

「まあ近場でヘリ停めて車で移動するやろから、場所を絞るんは難しいやろけど」

「わかった。何か方法があれば教えてくれ」

電話の様子を聞いていたであろうかんなは、今にも泣き出しそうな顔で与一を見つめた。後藤は、もう見えなくなったヘリの方向をただじっと見つめている。

「先ほどの話の続きをしようか」

語りかけると、後藤はゆっくりとその顔を与一に向けた。「なぜお前がここにいる？」

かんなも一歩、後藤に近寄り頷いた。後藤はため息を吐くと、がっくりと肩を落とした。

「――病院に向かっている途中で、突然攫われたんだ」

「何のために？」

後藤は答えない。劉たちが先ほど交わしていた言葉を思い出す。

――連絡はさせたんだよな。

「連絡係か」

「連絡係？　何の」

かんなが首を傾げる。後藤は答えず、口を真一文字にうつむいた。

――餌だよ。

劉の言葉が脳裏に蘇る。星子真琴が餌なら、釣る獲物は――。

「星子俊明か」

「え？　それって、真琴さんのお父さんですよね」

かんなが声をあげた。「事故で、亡くなったはずじゃ」

「星子俊明は生きている」

与一の言葉に、後藤は伏し目がちに頷いた。

「え？　どういうこと？」

「詳しく聞かせろ」

「話せば、長くなる」

後藤は後方、船内から甲板への出入り口を気にしていた。確かに、ここで長話は得策ではない。

「与一さん」

かんなが甲板の端で声をあげる。その細い腕が指す先には、緊急用のボートが吊られていた。

4

「始まりは、五年前の真琴ちゃんの事故だ」

救命ボートの中で、後藤が語り始めた。すでに日が暮れかかっている。地図アプリによれば近くの浜辺まで五十キロ近くあった。モーターの出力を最大限に、後方で舵をとりながら、与一は後藤の話に耳を傾ける。かんなは一瞬悲しそうな表情を見せた。事故を起こした父親に想いを馳せたのかもしれない。

「俊明から連絡を受けたのは、事故があった翌日だった。あいつからの連絡は数年ぶりで驚いたのを覚えている。母親の方は即死で、真琴ちゃんは胸に鉄筋が突き刺さっていた。幸い、心臓は損傷してはいたものの生命維持の観点では問題なく動いていた。だがいつ出血が広がり心臓が止まるかわからない状態なのは確かで、一刻も早い心臓移植が必要だった。私はそれを、正直に俊明に伝えた。娘をなんとか救ってくれと、あいつは泣きながら懇願した。私だって、できることはなんだってするつもりだった。だがドナーは常に順番待ちだ。一年待っても適合するドナーが現れないことなんてざらにある。それも正直に告げた。俊明は膝から崩れ落ちた」

ひとつだけ、心当たりがあるにはあった。だが、それを伝えるのには躊躇した。顔に出ていたのだろう、俊明はなんとかする方法があるのかと後藤にすがった。その悲愴感につい話してしまったが、すぐにそれを後悔した。

相手が堅気ではないからだ。

数ヵ月前、真琴と同様、緊急の心臓移植が必要な患者がいた。八十歳を過ぎた老婆で、心臓移植に耐えられる年齢ではないため方々の病院で断られ続け、一縷の望みを抱いて後藤の元を訪れた。その付き添いが西郷だ。西郷は後藤でも見たことがない量の札束を用意し、母を救ってくれと土下座をした。迫力に気圧され仕方なく検査をしたところ、かろうじて手術に耐えうる体力を老婆が持っていることがわかった。だがそれでも成功率は五分だ。断るつもりで、明日にでも健康な心臓があればなんとかなるかもしれないと伝えると、その翌日、西郷は注文通りの心臓を用意してきた。そんなに早く用立てることができる代物じゃないことは、後藤が誰よりも知っていた。西郷が恐ろしくなったが、今さら断ることなどできない。手術は無事に成功した。運がよかったと、今でも思う。その老婆は数年経った今でも老人施設で元気に暮らし、今ではそこで新しい恋人と余生を楽しんでいるらしい。

何かあったらなんでも言ってくれ。俺にできることならなんでもする。

老婆が退院したときに残した、西郷の言葉だ。後藤は俊明に頼み込まれ、その言葉にすがることにした。

すぐに西郷にコンタクトをとりドナーの件を相談すると、ある人物を紹介された。それが劉だ。

劉はアジア圏で人の売買を生業にするチャイニーズマフィアで、依頼するとすぐに適合するドナーを見つけ出してくれた。だがそのドナーはすでに競売に出されることが決まっていたため、二日後に開かれるオークションで競り落とさなければならなくなった。ドナー候補は若い女性で、競り落とすには最低でも五千万円が必要だという。

死んでも払う。何年かかってでも返済すると俊明は息巻いたが、劉にそんな口約束は通用しない。そこで西郷がある条件を出した。

覚醒剤を作れ。

大手製薬会社の研究員という俊明の知識と技術を、西郷は利用しようとしたのだ。逡巡する間もなく、俊明はその翌日、自前で製作したという覚醒剤を西郷に手渡した。純度を測定する計器の数字を見て、西郷は目を丸くした。

一定量の覚醒剤製造を条件に、西郷はキャッシュで一億、俊明に即金で与えた。結果的には二億八千万円でドナーを競り落とすことになるのだが、足りない分も全て西郷が立て替えた。

競りが終わってすぐ、西郷が用意してくれた病院で手術を行った。後にも先にも、あんなに緊張した手術はなかった。手術後は真琴のカルテを書き換え、後藤の病院へ転院させた。ここでも西郷が裏で手を回してくれたため、大きなトラブルもなく転院することができた。

心臓を移植した真琴の予後は良好だった。だが、いっこうに意識が戻らない日々が続いた。俊明は真琴の看病をしながら、ドナー費用の二億八千万を稼ぐため、西郷のもとで覚醒剤作りに精を出した。

西郷が用意したラボは東京からヘリで一時間ほどの距離にある無人島にあった。覚醒剤は精製時に有害ガスを発し、臭いもきつい。無人島はラボには打って付けの場所で、俊明は誰にも邪魔されず覚醒剤作りに没頭した。

根っからの研究者のせいか、俊明は純度を上げることに強くこだわった。八十後半だった純度は回を重ねるごとに高くなり、数ヵ月も経たないうちに限りなく百パーセントに近づいた。その覚醒剤は五秒で天国に行くほどの快楽を得られることから『TAKE5』と西郷に名付けられた。そのうちにT5と呼ばれるようになったそれはまたたく間に市場に流通し、飛ぶように売れた。

俊明はというと、これまでと変わらぬ製造スタイルを貫き通した。会社に行き、真琴の看病をし、土日に覚醒剤作りのため無人島に籠もる。俊明はその生活を四年間、休みなく続けた。西郷はその四年で麻薬王の地位を確固たるものにした。

だが、そんな日々は突然終わった。

星子真琴が目を覚ますことによって、事態は急変する。

5

「――何が、あったんですか」

押し黙った後藤をかんなが促す。

後藤は自身の足元を見つめたまま、口を開いた。

「真琴ちゃんが目を覚ましてから、俊明は自分の行為を責めるようになった。目を覚ました真琴ちゃんに、自分がやっていることを言えるのか、常に自問していたらしい。真琴ちゃんを救うためとはいえ、真琴ちゃんよりも若い命を買って、その金を捻出するために多くの廃人を生みだす覚醒剤を作り続けたんだ。俊明は研究者の仮面を被り、それを見ないようにしていた。だが真琴ちゃんが目覚めたことによって、研究者よりも父親の感情が強くなった。自分の娘一人を救うために、多くの人を不幸にしていることに気がついたんだ。そんなある日、私は俊明に呼び出された。覚醒剤作りを止めたいが、止めたら西郷に殺される。俺はどうしたらいい？　そう、相談された」

殺される、というのは比喩ではないだろう。西郷にとって星子俊明は文字通りの打ち出の小槌だ。そうやすやすと手放すはずはない。

「俊明の覚悟はすでに決まっていた。このまま覚醒剤を作り続けていたら、いつか真琴ちゃんにバレる。そうでなくてもその事実を持って、俊明を脅す輩が現れるかもしれない」

「劉のことか？」

与一の言葉に、後藤は頷く。

「あの爺さんはいつの間にか俊明がT５を製造しているという情報を摑んでいた。何度も足繁く病院に通って俊明を口説いていたよ。西郷ではなく、自分のもとで働かないかってね。だが俊明は西郷に借りがある。それに、第六感的なもので、劉は西郷よりもヤバい奴だと気づいた。腰が悪いと見せかけて病院に入院して、真琴ちゃんにもコンタクトをとり始めた。そういったことも続いて、俊明はもう限界だった。そこで私と俊明は一計を案じることにした」

「それが、星子俊明の死の偽装か」

かんなが手を挙げる。

「けど本当に真琴さんのお父さん、生きてるんですか？　警察が調べたんですよね。焼死体が真琴さんのお父さん本人だって」

「その焼死体が、ダミーなんだ」

「ダミーって……、それって、誰かが代わりに死んだってこと？」

「死体はもともと、検体としてうちの病院で預かっていたものだ。背格好と血液型が同じ死後二日も経っていない死体を、身代わりとしてタクシーの後部座席に乗せた。運転手には気分がすぐれないから寝かせておいてくれと伝えてな」

「確かそのタクシーって、タンクローリーに追突されてましたよね。横転した観光バスに挟まれて。それも計算してたんですか？」

「いや、あれには俺も驚かされた。俊明からは事故で車を炎上させるとしか聞いていなかった。警察から、観光バスが横転したのはタイヤの破裂が原因で、そのタイヤは銃で撃たれた可能性もあると聞いたときには冷や汗が出たよ。だが、タクシーの炎上までは疑われていなかった。そこまでが俊明のシナリオなら、大したもんだよ」

そうだ、星子俊明はそれも計算していた。全て依頼の条件に含まれていた。

ある仮説が脳裏をよぎる。

星子俊明本人が依頼人か？

だが神宮寺の話によれば、真琴の依頼人も同じはずだ。となればなぜ、星子俊明は真琴の命を狙うのだ？

「死んだのが別人なら、ちょっと調べればわかるんじゃないですか？　日本の警察って、優秀だって聞きますけど」

「炭化した死体を確認する方法は限られている。歯型の照合と所持品調査くらいだ。おそらくは、歯のカルテでも差し替えたんだろう」

与一の言葉に、後藤が頷く。

「それでその焼死体は、真琴さんのお父さんとして処理された……」

「俊明の死を偽装して、西郷と劉の目を欺いたところまではよかった。二人の監視がなくなったら、真琴ちゃんを連れて海外に逃亡する手筈だった。俊明は二、三年はかかるかもと言っていた」

「二、三年も？」

かんなは声をあげる。それほどまでに、星子俊明は西郷と劉を恐れていた。用心深さと、娘を思っての行動だろう。

「俊明なりに勘が働いたんだろうな。だが、それは正しかった。西郷は真琴ちゃんに舞姫という監視をつけた。すぐに真琴ちゃんが姿を消していたら、地の果てまで追われていただろう」

「ひとつ疑問なんだが、なぜT5の製造がうまくいかない。星子俊明が何かトラップでも仕掛けたのか？」

「いや、それについては何も。ただ、あいつなりに思うところがあって、何か仕掛けた可能性はある。これ以上、自分が作った覚醒剤の犠牲者を増やしたくなかったのかもしれない」

「だが、そのせいで星子真琴が狙われた」

「ああ。だがどちらにしろ、障害はもうひとつある」

「劉か」

後藤は大きくため息を吐くと、ぐったりとうつむいた。

「なぜ劉は星子俊明の生存を知っている？」

与一の問いに、後藤はさらにうなだれる。

「——私のせいだ。俊明と定期連絡をとっているところを、あの二人に気づかれた」

あの二人というのは、関と張のことだろう。

「しばらくしらばっくれていたんだが、今朝攫われて……」

「与一さん」

かんなが声をあげる。指差す方向に、街灯に照らされた港らしきものが見えてきた。

陸に上がる。しばらく船に揺られていたせいか、足元が覚束ない。それは後藤もかんなも同じだった。

「とりあえずは車、ですかね」

かんなの言葉に、後藤が頷く。

「西郷は星子俊明の生存に気づいているのか」

車を求め、夜の道を歩く。街灯がないせいか、星が綺麗だった。

「今のところ、疑ってはいるが勘づいている様子はない。劉も敢えて伝えてはいないと思う。それこそ、余計な火種だ」

「星子真琴はどうなる」

「俊明を呼ぶための餌であり、保険でもあるだろう。真琴ちゃんが奴らの手の中にあるうちは、俊明は逃げ出せない」

「そんなの、絶対にダメです。真琴さんはプロのピアニストになって、世界中の人々を感動させるんですから」

「星子俊明と連絡はとれるか？」

「奴らに携帯を奪われた。今頃は私のふりをして、コンタクトをとっているかもしれない」

「番号、覚えてないんですか？」

「三日に一度、新しいプリペイド携帯で俊明の方から連絡を寄越す決まりになっていた。すまないが、そこまで記憶力は良くない」

十一桁（けた）の番号だ。無理はない。

「先ほど、劉に脅されて俊明の携帯に真琴ちゃんの写真とメッセージを送った。遅かれ早かれ、俊明の方からあの携帯に連絡を入れるだろう」

「どうしたらいいのよ、もう」

かんなが宙を見上げた。与一もつられて空を仰ぐ。

選択肢は限られている。だがそれは、実際にリスクを伴っている。

「あ」

後藤が声をあげ、前方を指差した。その先には倉庫があり、その前に四トントラックが停まっていた。

ガラスを割り、キーを直結する。エンジンが動いた。

「与一さんって、なんでもできるんですね」

かんなが両手を合わせ、与一を見上げる。与一はそれには答えず、運転席のドアを開けたまま、その座席の上にカードを並べた。これからの運勢を占う。

「これって……どういう意味ですか？」

並べられたカードを見つめながら、かんなが尋ねた。出たカードは双子と戦車、ソードのペイジ。

「敵の敵は味方か」

与一はそう呟き、腹を決めた。

6

「さっきの話、聞いてたか？　何のために私たちがここまで頑張ったと思ってるんだ」

助手席で後藤が吠える。法定速度内で、夜の道をトラックで走る。

「その結果が、今のこの状況だろう」

与一は前々から思っていたことを口にする。「備えが素人だ」

「だが……」

「後藤さん」

真ん中に座るかんなが、二人を見やる。「今は、真琴さんの救助が最優先、だと思うんですけど」

後藤は返す言葉を持っていなかった。だがそれでも、まだ納得しかねている様子だ。

発車する前、神宮寺へ簡単に現況を報告した。彼女は大して驚かず「依頼人からもメールで連絡来てたわ。明日にずれたらしいな」と答えた。

匿名の依頼人はやはり、星子俊明だ。劉から、星子真琴のオーディションが明日になったことは伝えられていただろう。何はともあれ、与一の仕事は継続する。

星子真琴について再度占いなおした。出たカードは乙女と塔、そしてソードの九。

前回と全く同じだ。普通なら、決行の日時が変われば当然結果も変わる。変わることを期待していた自分にも少し驚いていた。

俺はどうしたんだ？

自問する。だが結局は、占い通りに生きるしかない。占いを否定することは、これまでの与一の人生全てを否定することに繋がるからだ。

「そろそろじゃないですか？」

かんながスマートフォンのマップアプリを見ながら言った。与一は我に返り、これから自分が行うべき事柄を再確認する。今の与一に与えられた仕事は、星子真琴をオーディション後に暗殺すること。そのためにはまず彼女を救い、オーディションに参加させなければならない。

車を停める。賭けではあったが、建物の窓に灯りが点いていてほっとした。

「本当に行くつもりか」

後藤が唾を飲み込んだ。西郷のことを知っている分、警戒も強いのだろう。

周囲を高い壁で仕切られた、重厚な門構えのインターフォンを鳴らす。監視カメラに敢えて顔を向ける。

しばらくすると、機械音とともに扉が開いた。見た顔が出迎える。黒村だ。口元に殴られた痣ができていた。与一を逃がした罰でも受けたか。背後には黒服が三人。そのあとからもぞろぞろと人相の悪い集団が現れる。

「――お前」

黒村の髪が逆立つのがわかった。与一は即座に両手を挙げる。

星子真琴を張っている間、神宮寺に西郷のアジトを調べてもらっていた。意外にも都内の閑静な住宅地だった。ここら一帯の地主を脅し、タダ同然で手に入れたという情報も仕入れた。敷地は恐ろしく広く、今のところ建物は見当たらない。

「土産話を持ってきた」

「あ？　なんだ、それは」

「西郷はいるか？」

「なんだっつってんだよ、おら」

黒村は懐から銃を取り出し、与一の目の前に突きつけた。

「とりあえず中に入れろ」

与一は構わずに命令する。周囲の住民の目もあるだろう。黒村は目配せで敷地内に入るよう促した。背後で扉が閉まる音を聞きながら、与一は再度繰り返す。

「西郷はいるか？」

しばらくの間、拳銃を突きつけられながら睨み合っていると、屋敷の方からきた黒服の一人が黒村に耳打ちをする。黒村はそのまま与一を睨み続けていたが、舌打ちのあと銃をしまった。与一の背後にいる後藤とかんなを一瞥すると踵を返し、奥へと進む。

よく手入れされた日本庭園の先に、武家屋敷のような建物があった。黒村はその前を素通りし、傍にある土壁で作られた小屋に入る。扉を開くと、地下へと続く階段があった。十五段ほどの階段を下りきり、黒村が分厚い扉を開く。薄暗い部屋は学校の教室ほどの広さで、スクリーンには映画が映し出されていた。銃声や爆発音が室内に響く。さながらミニシアターだ。スクリーン横に立った黒村が、無言のまま顎を動かした。その先の座席に、人影がある。スクリーンの光が反射して顔が見え隠れした。西郷だ。与一はその隣に座った。西郷の視線は動かず、映画に集中している。与一も背を預け、スクリーンを見上げる。

戦争映画のようで、中隊がミッキーマウス・マーチを合唱しながら夜の戦場を歩いていた。奇妙な映画だが、見覚えがある。そのままエンドロールが終わるまで、西郷はちらりとも与一を見なかった。

映画が終わり、地下室の灯りがついた。

「すまない。一度観始めたら、途中でやめられない質(たち)でな」

西郷が席を立ち、部下が持ってきたジャケットに袖を通す。「キューブリックは?」

「いまだにモノリスの意味がわからない」

与一が座ったままそう答えると、西郷はニコリと微笑んだ。

「で、何の用だ?」

「舞姫から報告を受けてないか?」

与一の問いに、西郷の雰囲気が変わった。視線を黒村に移す。黒村はさらに別の黒服を見た。

黒服は首を振り、慌てて携帯を取り出す。

「彼女の携帯は壊れていた。繋がらないはずだ」

与一の言葉を裏付けるように、携帯を耳に当てた黒服は頭を振った。

彼女が事故に遭ったことも知らないとは、正直驚いた。普通、ターゲットの見張りを任せているのであれば小まめな報告は最低限必要なはずだ。だがそれがなくても成立する理由は二つ。舞姫がマメな性格ではなく、報告しないことが日常的だった。もしくは彼女が優秀だから定時ではなく、臨時報告にしていた。おそらくは、その両方だろう。

「彼女に何をした」

西郷が早口で語りかける。与一は隣に座るかんなに視線を移した。

「真琴さんが車で攫われたんです。そのときに、舞姫さんが車に轢かれて」

「——舞姫が？」

黒村が声をあげた。目で問いかけてきたので、彼が知りたいであろう答えを口にする。

「生きてるよ。東都大学付属総合病院だ」

西郷が目配せをすると黒村は頷き、携帯を手に部屋を出た。

「攫ったのは劉というチャイニーズマフィアだ。知っているだろ」

瞬時にその場の空気が変わった。

「劉がどうして、星子真琴を」

「心当たりはないか？」

「焦らすな」

西郷の語気が荒くなる。周りの黒服たちがいっせいに銃を構えた。

「よ、与一さん」

怯えたかんなが、与一の袖を摑む。さらに後藤が抱きついてくる。

「喧嘩をするつもりなら、正面から来ない」

はっ、と西郷が笑う。

「舞姫から聞いたよ。まさか、お前があの与一だとはな」

「俺の何を知ってる？」

「馬鹿みたいな射程距離を持つ狙撃手だろ」

「馬鹿みたいは余計だ」

「何度か利用させてもらったよ」

少なからず動揺する。神宮寺は知っていただろうか。彼女の性格から、知っていたのならまず与一に伝えるはずだ。ということは、匿名の顧客だろう。どの案件かと記憶を辿るも、思い当たる節が多すぎて絞り込めない。

「で、劉の目的は」

西郷が一歩前に出た。

「Ｔ５だ」

「は？」

「お前のＴ５を狙っている」

「どういうことだ？　Ｔ５はもう……」

そこまで言いかけて、西郷ははっとした。「――まさか」

与一は頷く。

「星子俊明は生きている。お前らの追跡を逃れるために、事故で死を偽装した」

背後で後藤が頭を抱えたのがわかった。彼にしてみれば、今まで進めてきた偽装工作が全て水の泡になるのだ。無理もない。

「――お前もグルだったんだな」

西郷が瞳に怒りの炎を宿らせ、後藤を睨みつけた。だがすぐにそれは消え、与一を見つめなおす。激情と冷静さを併せ持つ、優秀な指導者の顔だ。伊達に麻薬王は名乗っていない。

「――劉と星子は、今どこだ」

「それを知りたいから、ここに来た。劉とコンタクトをとれるか？」

「奴らは日本に特定の拠点を持っていない。いつも代理人を介して交渉していた」

西郷は言いながら黒服の一人に目配せする。その黒服は短く頷くと、部屋を出た。

「気づいてたんじゃないのか？」

「何をだ？」

「星子俊明が生きていたことだ。そのために星子真琴を張っていた。違うか？」

与一の問いに、西郷は鼻で笑う。

「星子真琴を張っていた理由は、Ｔ５の裏レシピだ」

「裏レシピ？」

「西郷さん」

声をあげる黒村を、西郷が制す。

「星子には助手を二人つけておいた。一人はいっしょに働いて一年、もう一人は半年だ。そいつらはT5のレシピを熟知していたし、実際にマニュアルなしでも製造できるくらいにはなっていた。星子の死後、その助手二人にT5を作らせた。だができあがってきたものは、数パーセント純度が低いものだった。念のためレシピを引っ張りだし、そのとおりに製造させた。だが、それでもうまくいかない。それどころか回を重ねるごとに純度が低くなる。なんでもいいから星子とのやりとりを思い出せと言ったら、半年の方が、『T5の純度は私にしか再現できない』と星子が言っていたことがあると答えた。そのときは、ただの精神論として受け流したらしいが」

「T5を完成させるための何かが、欠如していたというのか」

与一の言葉に、西郷が頷く。

「そう考えるのが普通だ。レシピには記されていない、星子だけが知りえた工程が存在する」

「星子俊明のみぞ知る、というわけか」

「奴の性格から、何のバックアップも残していないとは考え難い。T5の製造についてのメモを、どこかに残しているはずだと思い至った。ラボにもいくつか走り書きはあったが、決定打となる情報はなかった」

「話を聞く限りでは、星子真琴が知っているとは思えないが」

正直に告げる。西郷は大きく息を吸い込んだ。

「それだけ、我々も行き詰まっていた」

先ほど部屋を出た黒服が、手に携帯を持って現れた。西郷はそれを受け取ると、しばらくの間じっと耳を傾け、「わかった」とだけ言い、通話を切った。

「代理人とコンタクトがとれたか？」

西郷はポケットから名刺入れを取り出し、一枚の名刺の裏に走り書きをした。

「情報の礼だ。そいつなら、劉の居場所を知っているだろう」

「お前たちはいいのか？」

「何がだ」

「お宝を横取りされようとしてるんだぞ」

西郷は鼻で笑った。

「劉は俺たちの上顧客でもある。奴のおかげで大陸とのパイプを作ることができた。たとえお前の情報が真実だったとしても、ものには順序というものがある。それに、この話をそのまま鵜呑みにするほど、俺も馬鹿じゃない」

与一が立ち上がり部屋を去ろうとすると、「ひとつ相談がある」と西郷が声をかけた。

「星子に会ったら、T5の完全なレシピを俺に寄越せと伝えてくれ。そうすればもう、関わることはない。だがそちらが逃げ続けるつもりなら、どこまでも追い続ける」

「伝えておく」

出口に向かうと、黒村が行く手を遮った。

「ただで帰れると思ってるのか？」

「黒村」西郷が窘める。

「こいつ、生かして帰すつもりですか」

「殺す理由がない」

「澤部を殺されています」

「証拠がない。あったとしても、デメリットの方が多い」

「デメリット？」

「イワンを殺ったのはこいつだ」

「――え」

そのロシア人の名に、黒村は絶句した。与一もピンときた。

イワン・グラズノフ。ロシアンマフィアの首領で、二年ほど前、北海道で地元の暴力団との会合中に与一が暗殺した。正確には、事故に見せかけて殺した。確かに彼も、ロシアの麻薬王と言われていた男だ。イワンの顔を思い出すと、覚醒剤関連で権力を持っていたターゲットが何人か頭に浮かんだ。どれもここ数年のものだ。

「これからもよろしくな。匿名での依頼になると思うが」

そう言い残すと、西郷は部屋から消えた。

歯を食いしばる黒村は、わざと与一の肩にぶつかり、そのまま部屋をあとにした。

「手間が省けた」

「え？」与一の呟きにかんなが反応する。

「なんでもない」

敷地から出ようと門扉をくぐったところで、頭に包帯を巻いた女が目の前に現れた。

「ま、舞姫さん」

かんなが叫声をあげた。「だ、大丈夫でした？」

「精密検査を受けたが、軽い脳震盪だそうだ。肋が何本か折れているが、問題はない」

駆け寄ったかんなに無表情で言ったあと、舞姫は与一を睨みつけた。

「なんだ」

「礼は言わない」

「求めてない」

「舞姫さん。私たちこれから、真琴さんを攫った奴の代理人のところに行くんですけど」

かんなが言いかけたところで、舞姫は与一たちの横を通り過ぎる。

「先に言っておく。監視対象がいないのなら、お前たちと行動を共にする理由がない」

そう言ってそのまま、建物の奥へと消えた。かんなは開けた口をわなわなと震わせながら、その背中を見つめていた。

車に戻り、与一は西郷にもらった名刺のメモを確認する。

「ああん、もう！　あんなに薄情な人だったなんて」

真ん中の席に座るかんなが、シートベルトを締めながら吠えた。

「もともとあっち側の人間だから、情で動くような人種じゃないってことだろう」

助手席の後藤がこぼした。「とりあえずは、これからその代理人のとこに行くんだよな」

与一は西郷のアジトから少し出たところで車を停め、イヤホンを装着する。

「なに呑気に音楽なんか聞こうとしてるんですか。早くあのジジイの代理人のとこに……」

「しばらく黙れ」

そう言って与一は、周波数を調整する。口を開けたままのかんなは憤りを隠すつもりもなく、与一を睨み続けた。だが相手にしている暇はない。

「——へ——の準備——しろ。お前は——る？　舞——」

そのうち、雑音混じりで会話が聞こえてきた。与一はその内容に耳を傾ける。

「やはりな」

「ちょっと、どういうことですか？」

かんなが尋ねるも、与一はそれに答えず、会話の子細を聞き漏らすまいと意識を耳に集中させる。いつの間にかかんなが与一のイヤホンに自身の耳を突きつけてきた。顔が近い。肩で遠ざけると、かんなは唇を尖らせる。

西郷らの会話が途切れたところで、与一はイヤホンを外した。待ってましたとばかりにかんなが与一の顔を覗き込んだ。

「ねえ、ちゃんと教えてください」

また顔を近づけた。与一はそのおでこを人差し指で押し、距離を取った。

「ブラフだったんだよ。西郷は、劉の居場所を知っていた」

「え」

「知ってて知らないふりをしていたんだ。そして、劉の居場所を知るという代理人を俺たちに教えた。嘘ではないが、正確でもない」

「ちょっと、何言ってるのか全然わからないんですけど」

かんなが小突かれた額を押さえながら尋ねた。与一は名刺裏のメモを見せた。かんなが読み上げる。

「ヤン・シュウミン　ええと、港北区新富町……」

「そこにヤンはいない」

「え？」

「正確には、この世にか。そいつは先週、俺が殺した」

かんなは絶句して、メモと与一の顔を交互に見た。後藤が助手席で口を開けたまま与一を見つめている。

「西郷は、なんでそんな嘘を」

「おおかた、俺たちが邪魔だったんだろう。奴らは直接、劉とやりあうつもりらしい」

「それって」

後藤が息を呑む音が、車内に響く。

「戦争だ」

第7章

1

「ほんま、よう見つけたとしか言いようがない土地やなぁ」

イヤホンから神宮寺の関西弁が聞こえる。「しかしまぁ、外国人所有物件が増えたなぁ。こりゃそのうち乗っ取られるぜ、愛すべき日本」

「この廃村もそのひとつか」

「せや。都会から近い、のに周りには何もない、のにそこそこ広い。ほんま、よう……」

「切るぞ」

そう言って通話を切り、与一はドライスーツを脱いだ。

すれ違いざま黒村のポケットに忍ばせた盗聴器から、彼らがすぐに兵隊を集め、劉の拠点に向かおうとしていることがわかった。聞こえてきたキーワードを整理し、神宮寺がその場所を割り出したのだ。八年前に廃村になった地域で、限界集落のさらに奥にある場所だった。

村は、廃村というにはあまりにも整備されていた。事前に神宮寺から共有されていた村の全体図を頭の中に展開する。周囲は雑木林に囲まれ、村に入るには一本しかない山道を通るしかない。だがそこは監視員がいて、迷い込んだ車は追い返される。山道以外は木が生い茂り、通るには一苦労だ。しかも所々にトラップが仕掛けられているため、気づかれずに村に忍び込むのは不可能に近い。そこで与一は、川から潜入することにした。村を横断する形で、琥珀川（こはくがわ）という河川が流れている。その川の中を逆行する形で村に潜入した。

この村は江戸時代、逃げ果せた罪人たちが開墾してできた土地で、明治になって金が取れるとして大勢の労働者が移り住んだ時期があり、一時の隆盛があった。そのときの住居は今でも残っている。だが金を取り尽くしたあとは急速に廃れ、また金鉱山から出た水銀により病が流行したことから、徐々に村民がいなくなった。

ここまでで一番苦労したことといえば、かんなの説得だろう。どうしても付いてくるという彼女を、必ずオーディションに間に合わせるよう星子真琴を救出すると約束し、ようやく彼女が折れた。

河原を抜け小高い丘に登る。村の中央は盆地になっていて、山の麓（ふもと）に周囲を塀で囲まれた大きな建物があった。建物は一見巨大な病院のように見えた。敷地内はひと気がない。だがいくつかの部屋の灯りはついていた。あの部屋のどこかに、星子真琴がいる。占い結果がそう告げていた。

建物の扉の前には警備員が二人。七階建てで、壁面は煉瓦（れんが）で組まれていた。外壁の至る所に監視カメラが設置されている。それだけでこの建物の重要性がわかった。比較的監視カメラの数が少ない裏口にあたりをつけ、その死角を縫うように進む。裏口の鍵を開け、中に潜入する。建物の中はひんやりと冷たく、埃っぽい。見たところ監視カメラは設置されていない。外に比べ警備は薄いようだ。

エントランスのような広間に出た。病院を改装したような造りだ。迷彩服を着た男二人が銃を携え、談笑しながら廊下の見回りをしていた。与一は姿を隠し、隙を見て非常階段を登った。

二階は客室ではなく広間とスタッフルームらしき部屋があった。そのうちのひとつを覗くと、薄暗い部屋でいくつものモニターが光っている。監視カメラの映像をここでチェックしているようだ。室内では椅子に座って雑誌を読みふける男が一人。そっとドアをノックをする。男が顔を出したので、その顎に掌底を食らわせる。気を失った男を抱え、部屋に入る。

壁一面に設置されたモニターは左右それぞれ三×四の十二面、正面は五×四の二十面、計四十四面あった。左右が村の外で、正面はホテル周辺と中、といったところか。正面の画面では各階の廊下部分も映し出され、いくつか部屋の中の映像もある。ふと、右端にある黒い画面に目が留まった。何もついていないと思ったが真っ暗な部屋のようで、白い何かが小刻みに動いているのが見えた。じっと目を凝らすと、どうやら人の腕のようだ。モニターに貼られた文字は7のE。

与一はテーブルにハンカチを敷き、持ってきたタロットカードを繰る。出たカードは蠍、月、ワンドの十。

生命の危機、ごまかしが利かない、自分の力量を超えた重圧。選択を迫られるとき。全てを失う可能性がある。一番の宝のために、全てを犠牲にせよ。そうすれば、その宝は救われる。

占えば占うほど、運勢が悪くなっていく。

念のためにもう一度占う。だが結果は同じだった。

さて、どうしたものか。

不意に物音が聞こえ、振り返る。

2

真琴はグランドピアノの前に座り、鍵盤の上に指を落とす。

課題曲。ショパンのマズルカ。

出だしは好調、指の動きもスムーズだ。今日一日、腕を休ませたからかもしれない。休養も練習と同じくらい大事だ。京極先生の言葉を思い出す。

だがこの一ヵ月半、朝から晩までピアノを弾き続けてきたおかげで、持久力は格段に増した。昨日ストップウォッチで計ってみたら、なんとか二十分の演奏にも耐えられるようにはなっていた。だが本番となればまた別だろう。知らないうちに力が入るし、何より、五年ぶりに大きなホールで演奏するのは緊張する。

中盤に差し掛かる。ショパンはポーランドを出てフランスに渡り、数々の名曲を生み出した。だが彼は幼少の頃から病弱で肺結核に悩まされ、三十九歳という若さでこの世を去る。遺言により、その心臓は祖国ポーランドに持ち帰られた。アルコール漬けにされたその心臓は、今でもワルシャワクラコフスキ区の聖十字架教会で『あなたの富のあるところに、あなたの心もあるのだ』というマタイ伝の一節とともに収められている。

私の心は、いったいどこにあるのだろう。

時々、ひどく憂鬱（ゆううつ）な気持ちになる。それはこの心臓の持ち主の、今は亡き彼女の心なのだろうか。

——お前の父親は生きている。

ここに来る途中、劉に言われた言葉が蘇る。思わずミスタッチする。だめだ、演奏に集中しないと。

——どうやって三億近い金を用立てたと思う？

劉の話によれば、父は覚醒剤を製造していたらしい。ドナー代や手術費諸々を返済するために、覚醒剤作りに手を染めた。ものがものだけに、それを簡単に止められないだろうことは、真琴にもなんとなく理解できた。だから父は、死ぬ気で組織から抜けようとしたのだ。文字通り、死ぬことで。

——実は前から星子をスカウトしてたんだが、思いのほか反応が悪くてな。だからこちらから出向いてやった。まさかそれが、死ぬほど嫌がられていたとは思わなかったが。

劉の下卑（げび）た笑い声が耳元で再生される。劉が真琴の病院にいた理由だ。鍵盤を叩きながら、心臓が大きく跳ねた。それでも演奏を続ける。呼吸がままならなくなり、ミスタッチが続く。心臓が不規則な鼓動をし始めた。まるで自分のものではないようだ。ふと、暗闇に人の顔が現れた。健康的な褐色の肌を持つ、東南アジア系の若い女性だ。おそらく二十歳を超えていない。彼女の表情は苦痛に歪み、瞳には怒りの炎が燃え盛っている。

それでも真琴は指を止めない。鍵盤を叩くことを止めない。

ここで止めてしまったら、もう二度とピアノを弾けなくなる。目覚めてからこれまでの間、諦めそうになったらそう自分に言い聞かせている。

止めるな、止まるな、止めるな！

そして、クライマックスへ。

だがとうとう腕が限界に達し、筋肉が痙攣（けいれん）を始める。ブルブル震える腕をなんとかもう一度鍵盤に落とすも、それ以上、動かせない。震える腕と指先のせいで、小刻みに不協和音が響いた。

そこで真琴は、目を開く。

真っ暗な部屋だが、目が暗闇に慣れているため不自由はない。何もないテーブルの上に、痙攣する両腕を置いた。

ここに監禁されてから、かれこれ数時間が経つ。最初は不安で仕方がなかったが、そのうちに明日のオーディションが気になりだした。

——今日の零時までに星子が来れば、解放してやる。だが来なければ……。

そこまで言って劉は言葉を濁し、ただ笑みを返した。

不安を払拭（ふっしょく）するため、練習することにした。目を閉じてテーブルの上に指を置くと、目の前に八十八の鍵盤を浮かべることができた。指が空想の鍵盤を叩けば、頭の中でその音色を奏でることができた。それからはひたすら課題曲を弾き続けた。だが、最後まで一度もミスなく弾くことはできなかった。

こんなことをして何になる？

そう問いかける自分がいる。だが真琴はその問いに答えることなく、疲労で痺れた前腕をほぐし、また頭からピアノを弾き始める。

事故のこと、おかあさん、入院、リハビリ、心臓移植、ピアノ、オーディション、一ノ瀬梨々香、ドナー、覚醒剤、おとうさん、偽の死、そして、嘘。

集中しようと思えば思うほど、頭の中を様々な思いが浮かんでは消える。ピアノを弾く意味がわからなくなる。

突然のノックで現実に引き戻される。すぐに扉が開かれた。

「出るぞ」

顔の見えない男が言った。

3

「部屋を暗くして、何をしていた？」

関が部屋を覗きながら尋ねた。灯りのスイッチは扉の前にある。窓もない部屋なので、それを切ると真っ暗になるのだ。真琴は答えない。関が鼻で笑う。

「喜べ。もうすぐ会える」

エレベーターで下る途中、劉が言った。真琴はその先を、怖くて尋ねることができなかった。

建物の裏にあるヘリポートでしばらく待っていると、遠くの暗闇からパタパタと風を切る音が聞こえて来た。見上げると、西の方から赤く点滅する灯りが、こちらに向かってくる。音は徐々に大きくなる。劉は笑顔でそれを見上げていた。

巻き上げる激しい風に、顔の前に両手で盾をつくる。ヘリは周囲を二、三回旋回したあと、「H」マークの中心に着陸した。窓ガラスはスモークが貼られていて、中が見えない。停まったヘリに張が駆け寄り、扉を開ける。突風が吹いた。

ヘリから一人の男が降り立った。白いチノパンに赤いシャツ、グレイのブレザー、黒々とした長い毛髪に、ふっくらとした頰。どこか見覚えがあった。極め付きは、レイバンのティアドロップだ。

ムーンの常連客だ。カウンターの中央の席で、ほぼ毎晩酒を飲みに来ていた。

「誰だ、お前は」

劉が眉根を歪めた。目配せされた張はヘリの中に乗り込み、「おい！　誰と間違えてんだよ」と、操縦士の胸ぐらを摑み引きずり出す。

長髪の男は前に出て、レイバンを外した。少し垂れた目尻に、真琴は目を見開く。

「——おとうさん？」

真琴の言葉に、劉は長髪の男をまじまじと見つめた。長髪の男は赤シャツのボタンを外すと胸に手を入れ、肌を力強く引き上げた。ぺりぺりと何かが剝がれる音がして、ゴムのような質感のものが、シャツの中からべろりと現れた。男はそれを、そのまま顔まで上げる。口の奥からさらに口が出てきたかと思うと、馴染(なじ)みのある鼻と目、そして白髪が現れた。いつの間にか男の手には五十センチ四方のゴムの塊があった。それを地面に投げ棄てると、顔に張り付いた白いゼリーのようなものを両手で拭う。

「星子——俊明か」

劉が呟いた。「大した変装だな。気づけないわけだ」

真琴は驚きすぎて、言葉が出ない。

「本物みたいだ」

劉が、父がかぶっていたゴムの塊を拾い上げる。

「なんだ、これは」

関が銃を構え、父に近づく。父は両手を顔の前まで挙げた。

「ただの特殊メイクだ。二時間かかるが、自分で装着できる」

「これもお前が開発したのか」劉が尋ねる。

「知り合いがハリウッドの特殊メイク担当で、そいつに頼んで作ってもらった。もちろん、事故の前に」

真琴はSF好きの父の話を思い出していた。そういえば、そんな話を過去にしていた。

「おとうさん」

ようやく出た声は、涙とともにこぼれ落ちた。父に近づきたかったが、体が動かない。真琴の中で葛藤が生まれていた。ドナーの女性、覚醒剤の常用者、タクシーの運転手。真琴の命を繋ぐことで、多くの人が犠牲になった。素直に再会を喜べない。だが父は昔と変わらぬ優しい眼差しを真琴に向け、手を挙げたまま近寄ってくる。

「感動の再会はあとだ。条件について、お前の口から直接回答を聞きたい」

父は両手を挙げたまま、ゆっくりと劉の方を見た。

「あなたのもとで仕事をする。代わりに、娘を解放……いや、違うな」

父が言葉を改めると、関と張が身構えた。「仕事をするから、娘には金輪際近づくな。絶対に」

父の言葉には強い意志が表れていた。劉は顔中をしわくちゃにして、満面の笑みを浮かべた。

「お安い御用だ。報酬は西郷の倍払う。その金で、娘に贅沢させてやれ」

劉の言葉には答えず、父が真琴を抱きしめた。当たり前だが、父の匂いがした。関が銃口を真琴に向ける。

「真琴」

耳元で名を呼ばれた。言ってやりたいことは山ほどある。だが、その全てがどうでもいいことのように思えた。父は全てを犠牲にしてでも、自分を救おうとしてくれた。相当の覚悟を持って。

「おとうさん」

真琴は声を絞りだす。自然と涙が頬を伝う。その背中に腕を回した。一度出始めた涙は、いっこうに止まる気配がない。

「さっそくだが、地下のラボを見てもらう。必要なものがあればすぐに手配する」

劉の言葉に頷くと、父は真琴の肩をぎゅっと抱きしめた。

「行ってくる」

真琴は離れようとする父のブレザーの裾を握り締めた。

「行かないで」

声にならない。父は何度も頷きながら、優しく体を離した。真琴の肩を張が掴む。関は父の背を軽く叩くと、建物へと促した。

「おとうさん！」

真琴が叫んでも、父は振り返ろうとしない。遠くなるその背中を見ていると、絶望的な喪失感を感じた。

「おとうさん！」

真琴の言葉と同時に、父の足元で何かが爆ぜた。

「動くな」

低い声が聞こえた。顔を上げると、正面の丘の上に人影が見えた。関は父の、張は真琴の背後に回り、その喉元に冷たい銃口を突きつけた。

「お前」

劉が目を細める。真琴はその視線の先を追う。

4

「劉さん。どういうことだ。これは」

白髪のオールバック——西郷が、銃を構えながら尋ねた。

「おー、これはこれは」

劉が大げさに声をあげる。「久しぶりだな、元気にしてたか？」

「とぼけるな、強欲ジジイが」

「そんなに凄むなよ、若造」

「星子俊明を返せ」

「お前のものじゃないだろう」

「俺のものだ」

西郷が即答する。「今すぐ渡せば、命だけは助けてやる」

劉の乾いた笑いが、周囲に響く。

「冗談だろ？」

「何がだ？」

「一人で何ができる」

今度は西郷が笑う。

「お前たちを皆殺しにできる」

「やってみろ」

一瞬にして緊迫した空気が周囲を呑み込んだ。周りの酸素が急に薄くなったような気がした。

「おいっ！」

劉が大声を発した。建物の方を見やる。

だがいくら待っても、誰も出てこない。

「どうなっている」

劉が尋ねるも、張と関は首を振るだけだ。しばらく待っていると、左右の丘から黒服が数名、
西郷の背後から黒村が銃を片手に現れた。建物からは舞姫が、抜き身の日本刀を携えて現れる。

刀を素早く振ると、血しぶきが白いアスファルトに滲んだ。劉は関、張と顔を見合わせる。

「三十五人」

西郷が呟く。

「あ？」

「村の入り口に十人、建物内に十八人、この近辺に七人」

劉が目を丸くする。

「どうして……」

「うちの連中、闇討ちが得意なんだ」

西郷が一歩、前に出た。「あとはお前たち四人だけだ」

そう言って、ヘリの傍にいた操縦士に銃を向けると、その男の頭が爆ぜた。

「これで、三人」

劉が舌打ちをする。真琴の喉元に銃口が強く押しつけられる。西郷が目配せすると、黒服たちが距離を詰めた。

「話を整理しよう」

前後の黒服を交互に警戒しながら、劉が言った。「そもそも、星子俊明は死んでいた。それを生き返らせたのは誰だ？　俺だ。俺のおかげでこいつは、生き返ってこの場に姿を現した。生きているときはお前のものだったかもしれんが、それは一度死んで途切れた。そしてさっき、俺と契約しなおした。なあ」

劉が父を見る。父は警戒した様子で西郷の方を見つめていた。

「星子は死んでない、契約も途切れていない。違うか？」

西郷が父に向かって言った。父は顔を背け、その場にうつむく。

「そもそも、お前が完全なＴ５のレシピを残していれば、ここまでのことにはならなかった」

父が、ゆっくりと顔を上げる。

「わかった。じゃあこういうのはどうだ？　俺が星子にＴ５の完璧なレシピを用意させる。それで俺は星子と新しいメスを開発する」

「完璧なレシピ？」

西郷と劉の間で、父はその顔を曇らせていた。

「話すだけ無駄だな」

西郷が引き金にかけた指に力をいれる。

「ちょっと待て。レシピに不備があったとはどういうことだ」

父の問いに、西郷は射貫くような視線を向けた。

「とぼけるな。お前が消えてから純度が保てなくなった。重要な工程、もしくは素材を隠したんだろう。Ｔ５をこれ以上、世の中に流通させせないために」

「レシピに不備はない」

父は西郷の視線を真正面から受け止めた。

「馬鹿を言うな。だったらなぜ、Ｔ５の純度が再現できない？」

「純度はどれくらい落ちた？」

「徐々に落ち続けて、今では九十が関の山だ」

「九十？」

しばらく、父は何かを考えるように目を伏せ、顔を上げる。

「清掃はきちんとしているか？」

「はぁ？」

「ラボの清掃だ。清掃が不十分だと不純物が残り、純度に影響が出る。レシピにもきちんと書いてあったはずだ。私がいたときは、製造後毎回完全清掃を行っていた」

西郷が黒村に視線を移す。

「――今は効率化を図って、週に一度の清掃に切り替えています」

「工程を変更していたのか？　聞いてないぞ」

西郷の目つきが変わる。父が深いため息を吐く。

「その清掃もどうせ手を抜いていたんだろう。完全滅菌処理を行っているか？　無塵（むじん）処理は？　塵（ちり）ひとつ、髪の毛一本でも落ちていたら、純度は格段に落ちる」

黒村は言い返せないでいる。西郷は真顔で黒村の前に立つと、銃を持った手で殴りつけた。黒村は声も上げず、じっとその場で耐える。西郷は殴り続ける。黒村の顔は徐々に赤く腫れ上がり、鼻の穴から黒い血が流れ出た。劉が愉快そうに笑う。

「なんだ、結局お前らが悪いんじゃないか。星子に不義はない。もう十分稼がせてもらっただろう。俺にだって、こいつの娘の命を救ってやった恩がある」

「お前は黙ってろ」

悪態をつく劉に、西郷が銃口を向ける。

「若造、お前は本当になっちゃいねえな」

「あ？」

「部下を大事にしろ。そんなんだから、足を掬（すく）われるんだよ」

「何をわけのわからないことを」

破裂音がして、真琴は思わず目を閉じる。

西郷が劉を撃ったと思った。

だが目の前の劉はにやけた表情で、楽しそうに西郷を見上げている。西郷は驚いた表情で横腹を押さえたあと、その手のひらを見た。真っ赤になっていた。膝から崩れ落ちる。

左右を囲んでいた黒服たちは動揺し、一瞬動きを止める。張が真琴の首に腕を回したまま彼らに引き金を引いた。最初の一発で真琴の耳は馬鹿になり、耳鳴りがやまない。瞬く間に五人が倒れた。西郷の傍にいた黒服の一人は動揺し、銃を構えたまま右往左往している。だがすぐに脳天を撃ち抜かれた。

最初の銃声から五秒も経っていない。徐々に音が戻って来る。

「うぅ……」

西郷の腹から流れた血が、地面に血だまりを作っている。また銃声が響いた。

「あぁ……！」

舞姫が声をあげる。脇腹を押さえていた。傍らに立つ黒村の顔から、表情が消えていた。その右手には銃が握られている。

「——黒、村ぁ」

西郷が声を絞りだす。「お前……」

黒村はゆっくりと劉のもとに歩み寄る。劉は笑みを浮かべながら、黒村の肩に手をかけた。

「お前らの動きは、ぜーんぶ筒抜けだった」

「——裏切ったのか？」

舞姫が、やっとのことで半身を起こした。

「お前たちが弱かった。それだけだ。なあ、黒村」

劉が煙草を咥えると、黒村がポケットからジッポーを取り出し、火をつけた。劉が勧めた煙草を黒村も咥え、自身のジッポーで火をつける。煙を吐きながら、倒れる西郷を見下ろす二人。舞姫が立ち上がろうとすると、黒村が銃を向ける。舞姫は腰を上げた状態で静止する。

黒村は銃を構えたまま倒れた西郷のもとに歩み寄り、その顔に蹴りを入れた。西郷は血しぶきを吹き上げながら、その場でのたうち回る。

一瞬にしてできた死体の山。とても現実に起こったこととは思えない。だが、背中に銃を突きつけられる痛みは本物だ。父と共に、劉のもとに連れてこられる。

「そこらでもういいだろう。殺すと戦争になる」

西郷を蹴り続ける黒村を、劉が宥めた。黒村は動きを止め、肩で息をする。

「――もう、始まってるだろうがぁ」

舞姫が怒りに顔を歪めた。劉はそれに答えるそぶりを見せず、西郷のもとで腰を下ろす。その顔を覗き込み、にやつきながら言った。

「痛そうだなぁ」

地面に流れた西郷の血に、劉が煙草の先をつけると、ジュッという音とともに紫煙が昇った。

「取引だ。お前はＴ５を作れ。ラボを清潔にすれば大丈夫だろう。俺は星子と新しいメスを作る。まあそれが結果的にＴ５になったとしても、文句は言うな」

「――ふ、ざ、けるな」

「生かしてやるっつってんだから、そんな口きくなよ」

劉が新しい煙草を咥え、黒村が火をつける。

「もう殺っちゃった方がいいですよ。事故で死んだことにして、俺が代わりに跡を継ぎます」

「お前みたいな馬鹿に、若の代わりが務まるわけないだろう」

舞姫が声を荒らげた。黒村が顔を真っ赤にしながら銃を放つ。だが直前で黒村は体勢を崩し、弾丸は舞姫の頬をかすめた。黒村が振り返る。西郷が上体を起こし、黒村の足首を摑んでいた。

「しぶてぇなぁ。ゴキブリかよ」

黒村は舌打ちをすると、その背を何度も踏みつけた。

「もういい。二人とも殺せ」

劉が言った。黒村が、足元の西郷に向け銃を構える。

「やめて」

声にならない声が、真琴の口から出た。私のせいだ。

この光景は、私が生きたせいで生まれた地獄だ。私があの事故で死んでいたら、父はこんなに悲しそうな顔をすることはなかった。西郷も舞姫も、ここまで傷つくことはなかった。

私があの事故で、死んでいたら。私が生き続けることで他の誰かがこんな目に遭うくらいなら、いっそ――。

突然、黒村の頭が揺れた。かと思うと、糸が切れた操り人形のようにその場に崩れ落ちた。劉の周りを関と張が囲む。銃声らしきものはない。

「まだ仲間が残」

警戒する張の額に、一瞬で丸い穴が空く。

劉と関はお互いに顔を見合わせる。二人は倒れた張の体をまたぐと、劉は父の方へ、関は真琴のもとに駆け寄る。関は真琴の首に腕を回し、こめかみに銃を突きつける。恐怖からか、体がいうことをきかない。

「誰だ？　姿を現せ！」

関が耳元で声を張り上げた。「まだ仲間がいるのか？」

小声で尋ねられるも、見当もつかない。横たわる黒村と張。二人とも、額の真ん中を正確に撃ち抜かれていた。

「与一か」

父の背後に回った劉が呟いた。「あいつか。あいつだな」

自身の言葉に確信を持った劉は、父の喉元に銃を突きつけながら、周囲を警戒する。

「関！」

劉が叫ぶと、関は腰回りから何かを取り出し、口でピンのようなものを抜いた。トマト大のものを握っている。

「姿を現せ！　でないと、こいつらの命はないぞ」

劉は父に突きつけた銃を揺らす。「十秒だけ待つ。いいか。一、二、三……」

倒れた西郷は虚ろげな瞳でゆっくりと左右に揺れ、舞姫は歯を食いしばりながら、真琴に憐れみの視線を送っていた。

「待て」

カウント九と同時に、建物の上に人影が見えた。目を凝らす。

与一だった。

「やはりお前か」

「武器をそこから投げ棄てろ」

与一が何かを言った。だが、その声は真琴の耳には届かなかった。

5

銃声がした。

「早くしろ」

関が星子真琴を拘束しながら、空に向けて銃を放った。音からそれがベレッタM92Fだとわかった。真琴の首に巻かれた左手には、手榴弾（しゅりゅうだん）が握られている。ここから関を射殺したとしても、手榴弾がその手からこぼれ落ちたら、彼女たちの命はない。

それでいいのではないか？ 声が聞こえた。

ここで救ってオーディションを受けさせたところで、どうせ断つ命だ。遅いか早いかの違いでしかない。

先ほど占った結果を思い出す。

ここでいう一番の宝は与一の命か、それとも。

また銃声が響いた。相手はそれほど気が長い方ではなさそうだ。

与一は手に持ったライフルを放り投げた。黒い塊は一度壁に当たり、そのまま地面で小さく跳ね、数メートル転がってから止まった。

「他にもあるだろ。全部投げろ」

与一は腰元に差した銃を抜き、地上に投げる。全部で三丁。足首に忍ばせていたナイフも放り投げた。ナイフは綺麗な放物線を描き、アスファルトに火花を散らし落ちた。よほど念入りにボディチェックをしなければわからなかっただろうが、とにかく『全てを捨てる』ことにした。

全ての武器を投げ終えた合図に、両手を挙げた。

「そこから降りてこい」

関が銃の先で建物の左側を指した。見ると側面に非常階段がある。「両手は挙げたままだ」

軋む階段を、与一は両手を挙げたまま降りる。建物は古く、足元が心もとない。

「そのまま、ここまで来い」

関は真琴を星子俊明の隣に並べ、その背後で両手に銃を持った劉が、二人の首筋に銃口を突きつけた。

顔がサッカーボール大に腫れた西郷、脇腹を撃たれた舞姫、手榴弾を持った関、銃口を突きつけられている俊明と真琴、その後ろに立つ劉。

「与一さん」

真琴が、潤んだ瞳で与一を見た。

この状況から、どう挽回(ばんかい)しようか。両手が自由に使えるなら、今すぐにでも占いなおしたい気分だった。

与一は両手を挙げたまま、俊明と劉の前に立つ。劉が目配せする。関は手榴弾の安全装置を入れ、それをポケットに収めた。

「前に出せ」

顎を軽く上げ、関が与一の前に立つ。与一は両手を前に差し出した。関は腰から黒い結束バンドを取り出し、与一の両手首に巻く。

「上に挙げろ」

指示通り、与一は縛られた両手を頭の上に挙げた。瞬間、腹に拳の衝撃が走る。その場に跪くと、頭にも衝撃を受け、横に倒れた。左耳が痛む。衝撃で目の前に星が舞う。そのまま、何度も踏みつけられた。

「関」

どれくらい蹴られ続けたか。劉の声で蹴りが止まった。

「そのくらいでいいだろ」

「このまま殺すんじゃないんですか。こいつのせいで張は」

関が興奮気味に叫ぶ。

「そいつには価値がある」

「価値？」

「客が呼べる」

与一の脳裏に、八角型の檻が浮かんだ。「まあ四、五回は生き残るだろ。強すぎたら、アキレス腱(けん)でも切ってハンデをつければいい」

「けど」

「――なんだ？」

沈黙が続いた。やっとのことで顔を上げると、劉が関を睨みつけていた。関は舌打ちをしたあと、助走をつけて与一の腹を蹴り上げた。安全靴のつま先は鳩尾にめり込み、呼吸も困難になる。肋骨が何本か折れた。痛みで自覚する。

「この女は？」

「そいつも生かしとこう。女性の戦士は貴重だ」

二人は苦痛に顔を歪める舞姫を見下ろす。確かに、と関が笑った。

奴隷商人からして見れば、与一や舞姫のような殺し屋でも、生かしておく価値はあるのだろう。

与一の手足はきつく結ばれ、身動きがとれない。少しでも体を動かそうとすると、胸と腹に激痛が走った。

「とりあえず、どうしますか、これから」

関が大きなため息を吐きながら、劉に尋ねた。

「本国から応援を呼ぶ。ったく、皆殺しにされるとはな」

そう言って劉は携帯電話を耳に当てながら、息絶えつつある西郷を恨めしそうに眺めた。電話の相手が出たのか、劉は中国語で何やら指示を出し始めた。

「真琴は解放してやってくれ。明日、オーディションが」

通話を終えた劉に、俊明が言った。

「ああ。応援が来たらな」

そう言うと劉は、捕らえていた俊明を解放する。「早くこいつを連れて、ラボの確認を」

関は俊明の背中を押し、建物へと向かう。

「おとうさん」

真琴が、今にも泣き出しそうな顔で俊明を見つめる。俊明も真琴を気にかけているのか、振り返ったまま前に進もうとしない。

「おい」

関に押され、俊明は渋々と歩みを進める。

「稀代(きだい)の殺し屋を用心棒に雇ったまではよかったがな。相手が悪すぎた」

劉が呟く。その言葉に、俊明は立ち止まる。

「用心棒?」

「娘の護衛に、この与一をつけていたんだろ?」

劉は真琴と与一を交互に見る。

逆だ。理由はわからないが、俊明は匿名で与一に真琴を殺すよう依頼していた。

「与一」

そう言って俊明は無表情に与一を見た。与一はそこで奇妙な感覚に陥った。

俊明と出会ってからまだ一時間も経ってはいないが、彼が真琴に強い愛情を抱いているのはすぐに理解できた。何より、彼は娘のために死を偽装し、そしてまた娘のために生き返り、危険を承知でこの場に姿を現したのだ。全ての行動原理が、真琴の安全と幸せのためにある。

そんな男が、娘の暗殺依頼をする理由を考える。

与一はこれまで、依頼を忠実に完遂してきた。ただの一度として失敗したことはない。ターゲット、殺し方、期日。その全てをクライアントの思惑通りにやってきた自負はある。だがそれは、裏を返せば、その期日までターゲットを絶対に殺さないということでもある。与一がその引き金を引くまでの間、ターゲットは必ず生きているのだ。いざとなれば、依頼をキャンセルすればいい。そうすれば、期日までターゲットは死なず、与一に殺されることもない。

俊明は娘を救うため、与一に暗殺を依頼した——。

だが、俊明の言葉はその予想の全てを覆すものだった。

「彼じゃない」

「あん？」劉が首を傾げる。

「真琴の護衛を依頼したのは、彼じゃない」

銃声がこだました。

6

俊明の隣に立つ関が、急に背中から倒れた。

「え」

俊明は驚き、関から距離を取る。劉が慌てて真琴の背後に回った。

「なんだ、まだ仲間がいたのか？」

劉は真琴のこめかみに銃口を乱暴に押し付ける。真琴は小刻みに頭を振る。劉は怯えながら、周囲を警戒する。倒れた関を見ると、額から血と脳漿が流れ出ていた。銃で撃ち抜かれている。

与一は軌道を想定し、射撃ポイントを割り出す。建物を正面に十時の方向、小高い丘の上に微かな人影が見えた。劉が気づいている様子はない。

「誰だ。誰に依頼した？」

与一が俊明に尋ねると、「うるさい！」と劉が与一に銃口を向けた。だがすぐに我に返ったように、また周囲を警戒し始める。

「知ってどうする」俊明が短く答えた。

「どうもしない」

答え合わせをしたいだけだ。

「そこぉ！　うるさいって言ってるだろうがっ！」

劉がまた声を張り上げた。引き金にかけた人差し指が動く直前、劉の肩が跳ね上がる。最初は右肩、次に左。手に持った銃は地面に落ち、両手をだらりと垂らしたまま、劉は呆然とその場に立ち尽くす。真琴は恐怖で声も出ない様子だ。

「真琴」

呆然とする真琴に、俊明が駆け寄る。

「おとうさん」

二人はまた抱き合った。その様子を、劉が恨めしそうに睨みつける。足元の銃を拾いたいのだろうが、両肩を撃ち抜かれた彼には無理なことだった。

与一は上半身の痛みに耐えながらゆっくりと立ち上がり、劉の目の前に落ちた銃を、縛られた両手で拾い上げる。

「あ……」

劉が情けない声を出した。与一は安全装置を外し、その銃口を劉に向けた。

「ちょっと待て。取引をしよう」

「取引？」

「そうだ。なぁ、星子。いや、星子先生」

劉が俊明に向かって無理矢理に笑顔を作る。「T5のレシピをくれれば、それでいい。できれば、何度かうちの助手といっしょに作ってくれ。報酬として、毎月売り上げの一パーセントを指定の口座に振り込もう。売り上げが十億なら一千万だ。悪い話じゃないだろう」

立て板に水のように劉が語る。だが俊明は真琴と抱き合ったまま、聞いている様子はない。

「わかった。一・五パーセントはどうだ？　——ええい、欲張りだな。じゃあ……」

風の音がしたかと思うと、劉の頭が跳ねた。額にできた穴から吹き出た血が、与一の顔にかかる。与一は引き金を引いていない。一瞬で白眼になった劉は、そのまま頭から地面に倒れた。弾道から、関を殺した狙撃手の仕業だとわかる。

いつの間にか俊明と真琴が、与一の傍に立っていた。倒れ込んだ劉を、俊明は冷めた目で見つめていた。

「——終わったのか」

舞姫が腹を押さえながら起き上がる。

「ああ。終わった」

西郷の呻き声も聞こえた。全く、ゴキブリ野郎とはよく言ったものだ。

「――で、誰に依頼してたんだ？　真琴の、ボディガードは」

舞姫も気になっていたのだろう、真剣な眼差しで俊明を見据えた。伏し目がちだった俊明は諦めたようにため息を吐くと、視線を上げて言った。

「千手だ」

第8章

1

「真琴さん。リラックス、リラックス」

舞台袖でかんなが両手を広げ、上下に動かす。真琴は息を呑み込み、ゆっくりと頷いた。

久しぶりの舞台は眩(まぶ)しかった。観客席は暗くて見えない。だが目を凝らすと、数人の審査員がホール中央に座っているのがわかる。世田谷国際ピアノコンクールのオーディション会場だ。

妥当な推薦人がいれば受けられるもので、一次予選を通過できるのは五十名中三名だけ。オーディションは二日間にわたり開催される。当初、真琴は初日の十九番だったのだが、いろいろあって二日目の最後にしてもらった。係員に尋ねると真琴の他にも二名、順番を変えた参加者がいたらしい。

ピアノはスタインウェイ。その黒く高貴な楽器と対峙する。今日はよろしくね。心の中で挨拶をしたあと、椅子の高さを調整する。

ホールはしんと静まり返っている。耳鳴りがするほどの無音だ。

この静寂を破るのが、急に怖くなる。一度弾き始めたら、最後まで弾かなければならない。腕の張りはまだかなり残っている。だが、今さらここで悩んでいても仕方がない。

鍵盤の上に指を置く。指の腹に、冷たい象牙（ぞうげ）の感触があった。ああ、帰ってきた。素直にそう思えた。安堵と興奮が綯（な）い交（ま）ぜになった感情が、腹の底から一気に湧き上がる。

最初の一音を叩くと、そこから先は流れるように指が動いた。今までの疲労が一気に吹き飛ぶ。指は軽やかに、腕はしなやかに。気がつくと黒いドレスを着た真琴自身が見えた。斜め上から、俯瞰して真琴を見つめる自分がいる。

観客席を見る。審査員は五人。ホールの中央、一番音の反響がいい席に陣取っている。その最後列の出入り口付近の席に、見覚えのある女性が座っていた。顔の前で手のひらを合わせ、真剣な表情で聞き入っている。その口元は微かに上がっているようにも見えた。

真琴はピアノを弾いている。同時に、ホールの中を縦横無尽に飛び回った。ああ、この感覚だ。ムーンで弾いていたときには全く感じることがなかった、共感覚。五年前でも到達できなかった場所に、辿り着いた気がした。音を奏でることで見えないものが見え、その見えないものを音で表現する。腕の重さは微塵（みじん）も感じない。翼が生えたようだ。事故も、母の死も、ドナーの心臓も、父が覚醒剤を作っていたことも、全て真琴の中からこぼれ落ちた。残っているのは、真琴の魂だけだ。

やはり真琴にはこれしかなった。音を出し表現することでしか、真琴は生きていけないのだ。これからも、どんなことがあっても、真琴はピアノを弾き続けるだろう。たとえ今日、このオーディションに落ちたとしても。

いつの間にか演奏は終わっていた。同時に、真琴はスタインウェイの前にいた。どれくらいの時間が経ったのかわからない。制限時間の二十分をとうに過ぎてしまっているかもしれなかった。だが、それももう、どうでもよかった。腕に痺れを感じつつ、立ち上がり一礼する。

演奏の出来が気になったが、審査員のスタンディングオベーションがその答えだとわかった。

その後ろにいたはずの彼女の姿はもうない。

舞台袖に戻ると、かんなが駆け寄ってきた。そのまま真琴を抱きしめる。

「どうしたのよ。かんなちゃん」

かんなは泣いていた。真琴はかんなのツインテールを撫でながら「どうしたのよ」と繰り返す。

だがかんなは首を振るだけで、何も語らない。真琴は逆に不安になる。

どこかから、拍手が聞こえてきた。一ノ瀬梨々香が、手を叩きながら現れた。

「あなた、本当に五年間寝たきりだったの？」

その顔は怒っているようでもあり、喜んでいるようでも、悲しんでいるようでも、楽しんでいるようでもあった。複雑を絵に描いたような表情だ。

「五年じゃなくて、四年です」

そう訂正すると、一ノ瀬梨々香ははにかんだ。

「あなたに、謝っておこうと思って」

一ノ瀬梨々香が姿勢を正す。「無理矢理エントリーさせちゃって、ごめんなさい」

そう言って彼女は、深々と頭を下げた。真琴はどう反応していいかわからず、ただその場で泣きそうになるのを堪える。一ノ瀬梨々香は軽く微笑むと、手を差し伸べた。真琴はどうしようか悩んだが、その気持ちに応えることにした。

だが、腕が上がらない。顔を歪めながらなんとか手を挙げようとすると、急に軽くなった。かんなが腕を支えてくれていた。

「お帰りなさい」

一ノ瀬梨々香が小さな声で言った。

堪えていた涙が、一気に溢れた。

2

与一は腕時計を確認する。

プログラム上では、星子真琴の演奏はすでに終わっている時間だ。与一はオウルシティ世田谷の出入り口が望める、そこから一キロ離れた建物の屋上で待機していた。

星子真琴殺害の依頼人は、星子俊明ではなかった。

劉が死に、瀕死(ひんし)の西郷と「安定したT５の供給に協力すること」という条件を交わすことで折り合いがついた。

だが、与一の「星子真琴暗殺」の依頼はキャンセルされることなく、今に至る。もうあと数十分も経たずに真琴は現れるだろう。

「ほんまにええんやんな」

神宮寺の言葉が蘇る。彼女がそんなことを聞くのは初めてのことで、与一は思わず「何がだ」

と尋ね返した。

「まこっちゃんの件や」

「まこっちゃん？」

「まこっちゃんいうたら、星子真琴やろ。依頼人とはあれから連絡とれへんけど、なんやったら、様子見でもええねんで」

「お前にしてはえらく殊勝だな」

「からかうなや。どう考えたっておかしいやろ、今回の件」

「もう一度確認するが、星子真琴暗殺の依頼は、星子俊明殺害の依頼人と同一人物なんだな」

「せや」

「匿名の依頼なのに、なぜ同一人物だとわかる？」

「匿名は匿名でも、いたずら防止兼ねて依頼時に簡単な設問を用意してんねん。獺が開発したプログラムで、十の質問に回答したら、そいつが誰だか九十九・九パーセントの確率でわかる奴や」

「十の質問でわかるのか？」

「性別、年齢、出身地、趣味嗜好(しこう)、身長体重、身体的特徴――よう知らんけど、それらを特徴づける十の選択肢がある十問や。十の十乗は百億、日本の人口は約一億二千万。十分すぎるやろ」

「回答が嘘だったらどうする？」

「それも織り込み済みやって、獺が言うてたわ」

「――わかった」

「なんや、依頼者のプロフィール、聞かへんのかい」

「いや、大体の見当はついている」

「さよか」

そう言ってもまだ、電話は繋がっていた。

「なんだ」

「今回の占いの結果、一応聞いとこか」

「最悪だ」

「どれくらい」

「過去一だな」

「さよか」

通話は突然切られた。

人の気配がして振り返る。夕日の眩しさに目を凝らす。

そこには、日本刀を携えた舞姫が立っていた。

3

控え室に戻り、鏡の前の自分を見つめる。以前に比べ、幾分肉がついてきた。

三十分後にはオーディションの結果がロビーで発表される。最後の演奏者だったせいか、控え室にはもう誰もいない。ドレスから着替えようにも演奏直後の両腕は疲労でパンパンになり、しばらく休まないと服を脱ぐことすらままならない。

腕の回復を待っている間、ふとバッグの中の名刺に目が留まった。深月一郎。会社の電話番号とともに、携帯の番号も記されていた。

その番号にかけようと思ったのは、演奏直後で気が高ぶっていたからだろう。同時に、真琴の中のわだかまりをこの機会に一気に解消したいという気持ちもあった。

「星子真琴と申しますが、深月さんの携帯でよろしかったでしょうか」

ワンコール目で相手が出た。携帯をテーブルに置き、ハンズフリーで通話をする。

「ああ、これはわざわざ。ご連絡ありがとうございます」

深月一郎の声が聞こえた。電話越しでも、彼が深々と頭を下げているのが想像できる。

「突然すみません。どうしても、伝えておきたくて」

そう前置きをして、真琴は続ける。「私、事故に遭って、目を覚ましてから、いろいろなことがあったんです。たぶん、話しても信じてもらえないようなことが、本当にいろいろ。確かに、事故で母が亡くなったのはショックです。けど、私もあの日、コンクールがあって、それに遅れないように急いでいて、注意力散漫になっていました。私の方が深月さんの車の異変に気づいていれば、事故は回避できたかもしれないんです。だから、とにかくもう、過去のことは忘れて、前を向いて生きてください。私も、そうするつもりですから」

与一の占いを経験してから、備えるということを知った。いつどこで何が起こるかわからない。いいこともあれば悪いこともある。その全てを覆すことは難しいかもしれない。だが、それを変えたいという意志があれば、未来だって変えることができるはずだ。

――オーディションを受けたら、君は死ぬ。もしくは、命と同等の何かを失う。

与一の占いから、オーディションの結果を変えることができたのかわからない。だが今の真琴は、えもいわれぬ満足感で溢れていた。

深月からの反応がない。電話が切れてしまったのかと疑う。

「――もしもし。あの、深月さん」

「――ああ、すみません。そう言っていただけると、救われます」

涙声が聞こえた。真琴も目頭が熱くなる。

「救われたのは私も同じです。娘さんのかんなちゃんには、本当にお世話になりました。彼女がいなかったら、私、立ち直れなかったかもしれません。感謝していたと、深月さんからもお伝えください」

「え？」

深月が素っ頓狂な声で聞き返した。

「はい？」

真琴もつられて声をあげる。

「かんな？」

「ええ。かんなちゃん」

「ええと、あの、ちょっと待ってください。誰の、話ですか？」

「ですから、娘さんの、かんなちゃん――」

「かんなが、ですか？」

深月の当惑ぶりに、かんなが親には内緒にしておいて欲しい、と言っていたことを思い出した。

とはいえ、きちんと礼を言うのは最低限の礼儀だとも思った。この事実を知ったかんなは腹を立てるかもしれない。「真琴さーん、勘弁してくださいよー」げんなりとした様子の彼女が目に浮かび、思わず顔がほころぶ。

「ええ、かんなちゃんが」

「それはたぶん、人違いです」

確固たる口調で、深月が返した。「珍しい名前だとは思いますが」

「え？」

「ありえないんです」

「ありえない？」

「ええ。だってかんなは、去年亡くなってますから」

「え」

真琴はテーブルの上に置いた携帯に顔を近づける。「いや、だって——」

「膵臓癌(すいぞうがん)でした。気づいたときには手遅れで……。若すぎたんですね。進行が早くて、発覚してから三ヵ月で息を引き取りました」

尋ねたいことが、山ほどあった。だが、言葉が出てこない。

そのうちに謎(なぞ)の洪水は、ひとつの大きな疑問に姿を変えた。

「じゃあ、あれはいったい、誰なんですか？」

4

「結果はどうだった？」

与一が尋ねる。

「あと十分と言ったところか」

舞姫が左腕の時計を見つめる。

「演奏を聴いたんだろう？」

「あいにく、そんな高尚な耳は持ち合わせてない」

「応援か」

与一が問うと舞姫は「まさか」と返した。

「そういえば、昨日はすまなかったな」

与一が言うと、舞姫はああ、と興味なさげに返した。

劉のアジトで、舞姫と対峙したときを思い出す。彼女は与一に向けて日本刀を構えたあと、静かにそれを鞘(さや)に収め、その場を去った。

「あのときの続きでもやるつもりか？」

「――今日はただの付き添いだ」

舞姫の背後から、かんなが現れた。少しもその気配を感じることができなかった。

「その顔は気づいてた顔ですよね。いつからですか？」

「船だ。艦の外での銃の握り方が、素人ではなかった」

今も彼女の手には拳銃が握られている。黒いコートの下には、ぴったりとした黒のレザースーツ。制服を着ていないだけで、妙に大人びて見える。

「よかったー。見た目で気づかれてたらショックだったんで」

かんなは笑う。「まだまだ女子高生でも通用するってことですよね」

「星子俊明とは面識があったのか？」

「あー、いきなり尋問モードですか」

「答えろ」

「もー、怖いなー。もっと肩の力、抜いてくださいよー」

かんなは笑顔で肩を上下に動かす。「ありましたよ、面識。けど、真琴さんのパパは私に会った記憶はないと思います。そのとき私、あの仮面つけてましたから」

与一は黙ってその話の続きを待つ。

「出会いは劉が主催するあの船上パーティでした。と言っても五年前のですけど。私は別の仕事の都合で船に乗ってたんですけど、偶然オークション会場から出てきたパパとばったり会って。パパ、仮面を手に持ってて、ひどい顔してました。希望と絶望が綯い交ぜになった、っていうんですかね、そんな顔した人初めて見たんで、私から声をかけたんです。そしたら、向こうから興奮気味に当時の境遇を語り始めたんです。娘のために、娘よりも若い子を犠牲にしてしまったとかなんとか。なんで過去形なのって尋ねたら鬼のような形相で睨まれて。そのやりとりがすっごく新鮮だったんで、特別に私の名刺渡したんですよ。何か困ったことがあったら、いつでも連絡ちょうだいって」

「それで、連絡があったのか」

「最初はパパ、半信半疑だったみたい。けどメッセージのやりとりをするうちに、私が千手だって信じてくれました。覚醒剤作るような環境にいたから、嫌でも私の噂は耳に入ってたみたい。それで彼の計画を聞いて、実行に移したの。あ、その間パパとは一度も会ってないですから」

「俺に仕事の依頼をしたのもお前か」

「あ、やっぱバレてました？　どっちです？」

試すような視線でかんなが見る。

「両方だ」

与一がそう言うと、かんなは軽く口笛を吹いた。

「さっすがー。って言いたいとこなんですけど、気づいたのは最近ですよね」

与一は答えない。かんなはにっこりと笑って続ける。「実際大変だったんですよ、パパの死を偽装するの。偽の死体乗せてそのタクシーごと炎上させるっていうアイデアまではよかったんですけど、それをどう実行させるかが肝で。結局そこは与一さんに丸投げしちゃいました。けど、やっぱりプロですよねー。依頼通りなんだもん。ほんと、嫉妬しちゃいました」

「なぜ星子真琴の暗殺も俺に依頼した？」

かんなが指を鳴らす。

「それ、ナイスアイデアだと思いません？　もともとはパパからボディガードの依頼も受けたんですけど劉の手下がうろちょろしてたし、舞姫さんの監視もついててちょっと面倒くさいなあと思って、こっちの方も与一さんに依頼してみたんです。だって、与一さんが狙っている間は真琴さんの安全が保障されますから」

読みは当たっていた。与一に命を狙わせることで、期限まで彼女の存命を確約させる。

「それで昨日は、俺のあとをつけていたのか」

かんながまた指を鳴らした。

「ビンゴ、でーす。手を出すつもりはなかったんですけど、ピンチっぽかったんで撃っちゃいました。結果オーライですよね」

完璧な狙撃だった。女子高生の仕業だとは到底思えなかったが、目の前の女性から漂うオーラが、それを証明していた。正確な年齢は二十代中盤から後半といったところか。

種明かしが済んだところで、与一は本題に入る。

「依頼のキャンセルはしなくていいのか」

「そこなんですよねー」

かんなが唇を尖らせる。「こんなチャンス、なかなか無いと思いません？」

「チャンス？」

「あなたを殺すチャンスですよ」

かんなが不敵に笑い、銃を構えた。いつの間にか舞姫も距離を詰めている。

「実在するかわからない、コンタクトをとるには唯一の代理人を介さなければいけない、ただ狙撃の腕は一流で、一度引き受けた仕事は百パーセント執行する。恨みを持つ人間もたくさんいて、顔写真にすら数百万の懸賞金がかけられてる、ツチノコみたいな与一さん。私、実はずっと前からあなたのこと気になってたんですよ。私が表に姿を出さないのも、あなたを真似してなんです。このスタンスっていいですよね。余計な邪魔が入らず仕事に集中できて」

与一は銃を出すタイミングを図る。だが隙がない。「最近は与一さんと比べられることが多くなってきて、嬉しい反面、今なら私の方が上だって気持ちも出てきちゃって。この仕事が一段落したら消しちゃおうかなって思ってたら、ばったり会っちゃった。正直、会えると思ってなかったんでびっくりです。本当、神様っているんだなぁって」

「それが依頼をキャンセルしない理由か」

「だって、中止にしたら姿消すでしょ？　本当は獲物を狙う瞬間が一番隙ができるんですけど、それだと真琴さんが殺されちゃうから」

「星子真琴の命は惜しいか」

「あなたといっしょですよ」

「どういうことだ」

「私もこう見えて仕事人間だってことです。一度引き受けた仕事ですから、最後まで彼女の安全は確保したいんです。与一さんだってそうでしょ？　受けるまでは熟考するけど、一度受けた仕事は、何がなんでもやり遂げる。それがたとえ、顔見知りでも」

「運勢が悪くなれば途中でやめる」

そう、与一は途中でやめかけた。

「けど結局、やめてないじゃないですか」

かんなが即座に返す。やり難い、と与一は思った。確固たる芯を持つ人間は折れない。

「星子真琴を殺したいのなら、私たちを殺してからにしろ」

不意に舞姫が刀を抜いた。真っ直ぐに伸びた直刀は夕日を赤く反射する。得物を手にした舞姫の凄みは、普段のそれとは比べものにならない。ピリピリと与一の頬が痙攣する。

「付き添いじゃなかったのか」

「さっきまではな」

「キャンセルしろ」

かんながあざけり笑う。

「ビビってるんですか？」

「もともと、今日は日が悪い。仕事をしないで済むなら、それに越したことはない」

「ビビってるんだ」

怒気をかんなに向けた瞬間、舞姫が距離を詰めた。与一はそれを後方に逃げ躱す。彼女の脇腹を蹴り上げる。だが舞姫はそれを難なく避けた。踊っているかのような優雅な動きだ。返す刀が与一に迫る。銃を盾に、その斬撃を受け止めた。切られないよう、一瞬だけグリップから指を離し、再度握りなおす。次の挙動に移る前の舞姫の手首を叩き、直刀を落とした。舞姫が小さく声をあげるが、かまわず与一は彼女の背後に回った。

かんなを牽制するべく、舞姫の喉元に銃口を突きつける。だが、かんなの姿がない。舞姫の首に腕を回しながら、与一は百八十度回転する。いつの間にかかんなは屋上の縁にいて、与一を狙っていた。

「さすが」

銃を構え低い姿勢のまま、かんなが言った。

「早く撃て」

舞姫が声をあげる。「私ごと撃て」

かんなが手に持っているのはデザートイーグルの五十口径。人体なら難なく貫通する代物だ。線の細い舞姫など盾にすらならず、与一すら貫通するだろう。

だがかんなは笑うだけだった。舞姫を気遣ってか、あるいは。

舞姫が与一の腕を振りほどき向き直る。与一はすかさず彼女の鳩尾を思い切り殴る。舞姫は苦痛に顔を歪ませ、親の仇（かたき）でも見るような目で与一を睨みつけたあと、ゆっくりと落ちた。白いシャツから血が滲んでいる。昨日の傷口が開いたのだろう。連日の負傷で、彼女は立っているのもやっとの状態だった。

「今日の占いはどうでした？」

銃口を与一に向けたまま、かんなが尋ねた。

「まあ、凶の類いだな」

正直に告げる。

「それはそれは」

腕時計が震えた。そろそろ星子真琴が外に出てくる時間だ。

「オーディションの結果が出てる頃ですね」

「気になるか」

「そりゃもちろん」

「早めに決めよう」

「じゃ、早撃ちで」

そう言ってかんなはデザートイーグルを床に置き、コートの裾を上げて、腰元のホルスターのボタンを外す。

与一も同様にコートの前ボタンを外し、腰に下げた銃に手を添える。

「運命の結末だ」

風が吹いた。

5

扉を開けた途端、突風が吹いた。体が軽いせいか、風で体が吹き飛ばされそうになるのをぐっと堪える。周囲を見渡し、少し駆け足でホールの周りを探索する。だが目当ての二人はいない。もう夜の匂いがあたりに立ち込めていた。

深月一郎への電話を終えたあと、真琴がまず行ったのはかんなを探すことだった。先ほどまで舞台袖で真琴を応援していてくれた彼女。最近では、いつも真琴の傍にいてくれた。たまには一人になりたいこともあったが、それでも彼女の存在は真琴にとってかけがえのないものだった。彼女がいなかったら、今日の演奏はなかった。どれほど救われたことか。言葉にすらできない。

一階エントランスを通りかかると、どっと歓声が沸いた。何か起こったのかと思い立ち止まると、階段前にたむろしていた集団がいっせいに真琴を見つめていた。オーディション参加者の姿もあった。みな、驚嘆と羨望の眼差しを真琴に向けている。彼らの背後に白いボードがあった。吸い込まれるようにその前に立つ。オーディションの合格者の氏名が貼られていた。

三人の名前。その最後に、星子真琴の文字。

よく確認しようと思うと視界が滲む。どこからともなく始まった柔らかい拍手が、真琴を優しく包み込んだ。真琴は涙を拭いながら、方々に頭を下げる。

「まだスタートラインに立ったばかりの奴が、ゴールしたような顔で泣いてるな。馬鹿か」

背後から聞いたことのある声がした。振り返ると、懐かしい老人が、腕を組んでこちらを見つめていた。信じられなくて、目を擦る。

「なんだ、人を幽霊でも見るような目で見て」

だって、肝炎こじらせて亡くなったって。

「ああ、それは嘘だ。わしが生きてるって知ったら、お前、一番に頼りに来るだろ」

そりゃもちろん。

「お前に足りなかったのは自立だ。いつの頃からか、わしの言う通りに演奏するお前から全く魅力を感じなくなった。ある程度、お前の出す音が予想できるようになった。それじゃダメなんだ。表現者は」

なんですかそれは。

「化けたな」

は？

「死線を越えて、見事に化けた」

そんな、人のことを幽霊みたいに言わないでください。

真琴の言葉に、エントランスがどっと沸いた。先生が両手を広げたので、思わず抱きついた。

「まだスタートラインに立ったばかりだぞ」

そう言いながら京極は、優しく真琴の背中を叩いた。

＊

後日必ず食事会をする約束を京極と交わし、かんなと舞姫探しを再開した。

ホールの受付嬢に特徴を伝え、館内アナウンスもしてもらったのだが、それでも見つからない。先に帰ったのかもしれない。

ひょっとしたら真琴を喜ばせるドッキリでも計画しているかもしれない。オーディションの結果を先に確認し、家でパーティの準備をしているのだ。舞姫はおそらく何もしないだろうが、邪魔もしない。張り切ったかんなが、家の飾り付けをしている姿が目に浮かんだ。

同時に、『かんなは、去年亡くなってますから』という深月一郎の言葉も脳内で再生される。

私は、お化けでも見ていたのだろうか——。

いや、京極も生きていた。深月もグルになって、真琴を驚かせようとしているのだ。そうに違いない。

携帯が震えていることに気づいたのは、しばらく呆然とその場に立ち尽くしていたときだった。

何度もかけたかんなからだろうと思い、画面も見ずに電話に出る。

「どうだった？」

父の声だ。父はオーディションに来たがっていたのだが、後藤に止められていた。死んだことになっている人間が、おいそれと外出するのは良くないと釘を刺されたのだ。今は後藤が所有する箱根の別荘で身を隠している。特殊メイクの変装セットは京都にいる父の知人に作ってもらわなければならず、似たようなものを後藤経由で発注したのだが、それでも完成に一ヵ月はかかるらしい。その間はむやみに外出できない。そんな状況から、父は整形も考えているらしかったのだが、それは全力で止めた。しばらくは家から一歩も出られない生活が続くだろう。だが、それでいいと思っている。これまで仕事や覚醒剤の製造、真琴の看病と忙しい毎日を送ってきたのだ。ゆっくり休むいい機会だ。後藤にお願いして、別荘に昔のＳＦ映画のソフトを大量に送ってもらった。

結果を伝えると、電話の向こうで父が喜ぶ声が聞こえた。

「それよりさ、かんなちゃんから連絡ない？」

「いや、誰からも連絡は」

その声に嘘はなさそうだ。

遠くで何かが弾ける音がして、顔を上げる。地面にいた十数羽の鳩が、いっせいに夕闇に飛び立った。

6

控え室に戻り、ドレスを収めたキャリーケースを引きホールをあとにする。乗り場でタクシーを拾った。車中でかんなに連絡を入れるも、やはり繋がらない。舞姫は連絡先すら知らない。

自宅前でタクシーを降りたところで、携帯が震えた。画面には「非通知」の文字。おそるおそる出ると、「ああ、まこっちゃん？」と親しげな声が聞こえた。

「ま、まこ？」

「ごめん、ほんまはこんな電話したないねんけど、与一と連絡つけへんから」

聞き覚えのある声だった。確か、与一と電話で話していた女性だ。

「今日、与一と会うてへん？」

「ええと、今日は私、オーディションに出てて」

コンサート会場にもいなかったと思う。気づかなかっただけかもしれないが。

「今どこ？」

「マンションの前、ですけど」

「あー、もう家か。けど万が一与一と会うことがあったら、神宮寺に連絡せえて言うといて」

「与一さんと、また会えますかね。私」

「知らん」

「――ですよね」

「ほなな」

通話はすぐに切れた。

家の扉を開けるも、電気は点いていない。玄関には真琴の靴しか並んでおらず、人が入った形跡はない。

部屋の中を見渡しても、真琴の私物しかなかった。そういえば一ヵ月近くの間かんなと舞姫と共同生活をしてきたが、彼女たちが自分の荷物を部屋に散らかしているところを見たことがない。いついなくなってもいいように、彼女たちは常に荷物をまとめていたのだ。

疲労感と達成感と孤独感が、部屋に満ちる。食欲も睡眠欲もない。

何もしたくなかったが、気分を変えるため、風呂(ふろ)に入ることにした。いつもより熱めに設定した湯船に肩まで浸かると、大きな澱(おり)のようなため息が、体の底から一気に吐き出された。

ようやく、スタートラインに立てた。

嬉しいはずなのに、これからのことを考えると凄く憂鬱になる。だがその憂鬱はこれまでの後ろ向きなものではなく、前に進むためのものだ。だがやはり、憂鬱だった。

風呂から上がり、一息つく。疲れているはずなのに落ち着かないので、ムーンのマスターに電話をかけることにした。

「オーディション、合格しました。それでひとつ、お願いがあるんですが」

＊

定休日のムーンの店内で、鍵盤の上に指を落とす。今日の感覚を忘れないよう、もう一度頭から課題曲を弾いた。誰もいない店内は音の反響がいい。集中して二十分、余韻が消えたのと同時に、店の入り口から拍手が聞こえた。正確には、その影は左手で自身の腿（もも）を叩いてた。驚いて声も出ない。照明が逆光となり顔は見えないが、体格から男性だとわかる。

「一言、謝ろうと思ってな。伝言を頼んだら、直接行けと断られた」

その声でピンとくる。

「与一さん？」

照明の下に現れた与一は、どこか疲れているように見えた。右手の甲に左手を添えている。その指先から液体のようなものが滴り落ち、店の床に跳ねた。血だ。

「だ、大丈夫ですか？」

真琴は気が動転し、救急箱を探そうと立ち上がる。

「大丈夫だ。痛みは薄れてきた」

「それって逆にヤバいんじゃ」

そう言うと与一は一瞬驚いた表情を見せ、それから笑った。初めてこの人の笑顔を見た気がした。だがその顔に違和感を覚え、よく見ると、左の耳たぶが裂けているのに気づく。逆さまのケンタウロスのピアスが無い。

「あの、耳……」

「オーディション、どうだった？」

「え、あ、お、おかげさまで」

真琴は思わず頭を下げる。与一は「そうか、受かったか」と満面の笑みを浮かべた。

「いま弾いてた曲が」

与一が尋ねたので、

「オーディションで弾いた曲です」

と答えた。「どう、でしたか？」

「素晴らしかった」

間髪容れずに与一が答えた。「一ノ瀬梨々香と比べても、何の遜色もない」

与一がまばたきすると、その瞳から涙がこぼれた。その事実に驚きつつも、真琴はにやけ顔を与一に見られないよううつむく。

「そんな、大げさな」

お世辞でも嬉しかった。受かったら恨み節のひとつでも言おうと思っていたが、与一の泣き顔を見ると何も言えない。話題を変えよう。

「『魔弾の射手』って、ご存じですか？　ドイツのオペラなんですけど、舞姫さんから与一さんの話を聞いたとき、ふとそれが浮かんで」

「――魔弾」

「狙った場所に必ず命中する、百発百中の魔法の弾丸を手に入れた男の話なんですけど」

「都合がいい弾丸だな」

「はい。ただ、悪魔と契約して作るんで、デメリットもあります。最後の一発は、悪魔が望む所に命中するっていう」

「最愛の人を射貫くか」

「知ってるんですか？」

「悲劇の相場は決まっている」

小さな声で与一が呟いた。

「ただ、その話には続きがあって。恋人に当たった魔弾は白薔薇の冠のおかげで逸れて、代わりに主人公を唆した男に命中するんです」

「――ハッピーエンドか」

「まあ、教訓付きですけど」

それから与一は虚空を見つめ、何かに想いを馳せているようだった。

「あ」

真琴は立ち上がり、一歩前に出た。与一なら、知っているかもしれない。

「かんなちゃんが、実はかんなちゃんじゃなくて、それを確認しようと思ったんですけど、いくら探してもどこにもいなくて、携帯も繋がらなくて……。あ、与一さんはかんなちゃんと会ったことありましたっけ？　私とお母さんをトラックで轢いた人の娘さんなんですけど。いや、娘さんは一年前に癌で亡くなってて……。いや、それはかんなちゃんとは違くて」

「知ってる」

与一のゆっくりとした口調に、真琴は我に返る。「さっき、会った」

「え？　どこで」

「会場の近くだ」

「何か、言ってませんでしたか?」

食い気味に尋ねる。

「何か?」

「なんでもいいです。私について──何か」

床に落ちる滴の音。いつの間にか足元に血だまりができていた。与一はそれを、虚ろな瞳で見つめていた。

7

「やる気、ないでしょう」

与一は答えない。「何なの、私に殺されたいの?」

かんなの口調が乱暴になる。与一は答えない。

左耳に風を切る音。その後、耳たぶが燃えるように熱くなる。触れると、ピアスがなくなっていた。ピアス穴は裂け、血が首筋に滴り落ちる。あたりを見渡すと、砕けたケンタウロスのピアスの欠片が、方々に散らばっていた。

「大した腕だな」

「傍観者気取ってんじゃねえよ。タマついてんのか? お前」

「それがお前の本性か」

かんなは銃を構えたまま、与一を睨みつける。与一はホルスターから銃を抜いた。かんなは表情を変えないまま、与一に銃口を向け続けている。

「やる気になった？　タマナシくん」

与一は右手に持った銃を左手に持ちなおす。

「おい、タマナシ。お前右利きだろ。左で手加減しようってか？　あ、わかった。負けたときの言い訳にするつもりだな」

「まだ答えは出ていないが、少し、抵抗してみようと思う」

「は？」

与一は自身の右手の甲に銃口を突きつけると、左手で引き金を引いた。屋上の地面に粉塵（ふんじん）が舞い、貫通した弾丸がめり込む。痛みで思わず声が漏れる。右の指先がぴりぴりと痺れた。銃を持っていられなくなり、左手からこぼれ落ちる。

「おい、何してんだよ！」

かんなが鬼のような形相で駆け寄る。与一は穴の空いた右手を左手で押さえながら、かんなと相対する。かんなは与一の額に銃口を突きつけた。

「死にてえのか、なあ」

「死にたいわけないだろう」

「じゃあなんでこんなことすんだよ！」

「最強の座が欲しければくれてやる」

「はぁ？」

「俺が勝負を逃げたと思いたければ、それでいい」

「なんだその言い方ぁ！　まるで勝負すればお前が勝ってたような言い方じゃねぇか！」

「勝ってたような、じゃない。確実に俺が勝っていた」

「だったら、なんで勝負を投げる必要があンだよ！」

かんなは興奮しているのか、銃口を与一の額につけたまま、肩で息をしている。痛みで視界がぼやけてきた。

「お前を殺したくない」

「はぁ？」

かんなが瞳孔を大きく開けた。

「なんだそれ」

ちらりと与一の右手を見る。「それ、狙撃手生命終わってるだろ。指先の感覚は？」

与一は鼻で笑った。

「思ったよりも痛い」

「なんで、そこまで」

かんなが怒鳴るような口調で言った。

「お前が死ぬと、星子真琴が悲しむ」

与一はかんなの瞳を見つめた。「それに、彼女も殺さなければいけなくなる」

かんなは舌打ちをすると大きなため息を吐き、「なんだそれ」と吐き捨てるように言った。

「もう死んどけよ」

かんながトリガーにかけた人差し指に力をいれる。

銃声が一発二発。

ゆっくりと目を開け、振り返ると、二つの銃痕が屋上の壁に空いていた。

「なんだよ、それ」

もう一度かんなが、静かに呟いた。銃を収めたその目からは、完全に闘志が失せていた。

「——もういいや。好きにして」

かんなは肩を落とし、屋上の出口へと向かう。

「星子真琴に会ったら伝えてくれ」

建物の中の闇に消えようとするその背中に語りかける。「意気消沈させるような占いをして、申し訳なかったと」

かんなは歩みを止め、振り返る。

「そんなこと、直接言えよ」

8

「何か、思い出しました？」

真琴が与一の右手に包帯を巻きながら言った。カウンターに二人、並んで座る。

ここで気の利いた嘘でも言えればいいのだが、あいにくとそういった器用さは持ち合わせていない。目の前に置かれた、蓋が開いた救急箱に視線を落とす。

「そのうちまた、ひょっこり顔を出すんじゃないか？」

これぐらいが精一杯だったが、その言葉に彼女は少なからず希望を見いだしたようだった。

「また、来てくれますかね。舞姫さんも」

「どうだろうな」

「さっきと言ってること違いますよ。あ、そうだ」

真琴は与一を一瞬睨みつけたあと、ポンと両手を合わせる。「だったら占ってくださいよ。今後の私。カードって……」

失血で朦朧としていたのだが、それを伝えて心配されても余計に面倒だ。与一は左手で胸ポケットからカード一式を取り出した。

「やってみるか」

「いいんですか？」

どの道、この怪我ではろくにカードも繰れない。それに、指についた血でカードを汚したくなかった。

真琴はカードの繰り方が素人だったが、アドバイスをするとすぐにコツをつかんだ。ピアニストという人種の器用さに舌を巻く。与一の指示通り、真琴は三枚のカードを選んだ。乙女と太陽とワンドのエースで、そのどれもが正位置だ。

「これってどういう意味ですか？」

「生命力に満ち溢れ、困難も乗り越えられる。新しいことが始まる予感もある」

「新しいこと？　って、たとえばどんな」

真琴が首を傾げる。

「仕事や趣味、あとは恋だな」

「――恋」

「意中の人がいれば、アプローチをしてみてもいい」

真琴は与一を見つめ、「アプローチ」と小さく呟く。

「しばらくはまだ、そっちはいいです。ピアノのことだけで精一杯ですし。そもそも、こんなガリガリをいいって言ってくれる人なんていませんよ」

真琴が自嘲的に笑う。

「そんなことはない」

自然と出た言葉に、真琴が目を丸くした。

ふと、右手を傷つけてしまったせいで狙撃だけでなく占いにも支障をきたすことに気づいた。なぜ、ここまでしてしまったのか自問する。

占い通りにやっていれば、こんな傷を負わずに済んだ。だが同時に、彼女は今ここにいなかっただろう。

それであれば、この選択は正しい。

占い通りに動かなかったから陽菜を失ったのに、今度は占いに逆らうことで真琴を救った。何が正しいのか、わからなくなる。いや、そもそも占いとはそういうものなのだろう。道標にはなっても、目標にはならない。何をどう選択するかは、自分自身で決めることなのだ。再三警告したにもかかわらず、真琴は成功を収めた。運命の結末を変えたのだ。こんな細い体のどこにそんな力が眠っているのか。

「どうしました？」

知らず識らずのうちに彼女を見つめていた。なんでもない、と答えたあと、しばらくの沈黙が店の中を漂う。

「面白いですね、占いって」

真琴がカードを手にとり、一枚一枚まじまじと見つめながら言った。

「与一さんの今後も占ってあげますよ」

「俺はいい」

「そんなこと言わないでください。忘れないうちにもう一回やっときたいんで」

「覚えるつもりか？」

「だって、与一さんみたいに自分で占えるようになったら楽しくないですか？」

「楽しい？」

「だって、占い通りに生きれば、失敗も少ないし」

「ゼロではない」

「あ、そういえば、私の命って」

真琴が急に不安げな表情を見せた。

「もう大丈夫だ」

ああ、もう大丈夫だ。「魔弾は逸れた」

「なんですか、それ」

冗談と受け取ったらしい真琴は、白く歯並びの良い歯を出して笑った。

ふと、忘れかけていた陽菜の顔を完全に思い出した。

「どうしました？」

「いや」

与一は頭を振りごまかす。「俺の占い、だったな」

「えーと、射手と裸の女性、それに、カップの六……」

与一の指示通りに真琴が切ったカードが、テーブルの上に並んだ。

「これは『世界』だ」

裸の女性のカードを指差し言った。

「世界」

真琴は短く呟き、与一を見つめる。「意味は？」

「これまでの努力が実を結び、ひとつの区切りを迎える。自らの原点に立ち返り、これから進むべき道を見定めよ。未来に光を見いだせ」

「なんか、いい感じですね」

真琴が優しく微笑んだ。その表情に思わず胸が締めつけられる。

「与一さんの恋愛運はどうなんですか？」

「——どうって……」

真琴にカードを繰ってもらい、その中の一枚を左手で引いた。恋人の逆位置だった。

「良くないな。意中の人とは、うまくいきそうにない」

「与一さんでも好きな人、いるんですか」

真琴が真顔で尋ねた。その後、何かに気づいたように目を見開く。

「そういえば神宮寺さんから電話があって、連絡が欲しいって言ってました」

「あいつが、君にかけたのか？」

「なんか、連絡がつかないからって」

与一は大きくため息を吐く。殺しの標的に、殺し屋への伝言を頼む奴があるか。

「神宮寺さんが意中の相手、とか」

探るような目で真琴が言った。冗談じゃない。

「ただの仕事のパートナーだ。それ以上でも以下でもない」

一瞬意識が飛び、項垂（うなだ）れかけた首を上げる。血を流しすぎたのかもしれない。

「どんな人が好きなんですか」

「――そういう話はやめにしないか」

なんでそんなことを、今ここで彼女に話さなければならないのだ。

「女の子は、そういう話が好きなんですよ」

真琴が屈託のない顔で笑う。

「その人と、相性占いしてみました？」

「するわけがない」

「あ、相性最悪だったら嫌だから、とか」

「そんなことで諦められるくらいなら、それは本物じゃない」

言いながら自分の言葉を反芻する。結局はそう、シンプルなことなのだ。占いで出た結果がどうであろうと、愛することはやめられない。そんな単純なことも忘れていた。

返事がないので顔を上げると、真琴が突然泣き出していた。

「どうした？」

顔を覗き込むも、真琴は首を振りながら、ただただ流れ出る涙を拭い続けていた。

「大丈夫か」

真琴は洟をすすり「おかあさんのこと、思いだしちゃって」と小声でつぶやきながら、何度か頷き返した。

泣き止むのを待っていると、右肩に重みを感じた。見ると瞼を腫らした真琴が、安らかな寝息をたてている。昨日から一睡もせず、オーディションに臨んだのだ、疲れが一気に出たのだろう。

シャンプーの心地よい香りが鼻腔(びこう)をくすぐった。

「俺も眠たいんだが」

与一の言葉は、誰もいないジャズバーの店内に吸い込まれた。

本書は書き下ろしです。

この物語はフィクションであり、
実在するいかなる場所、団体、個人等とも一切関係ありません。

古川春秋（ふるかわ・しゅんじゅう）

1977年熊本県生まれ。2012年『ホテルブラジル』で第３回野性時代フロンティア文学賞を受賞しデビュー。IT企業に勤務するかたわら、執筆活動を続ける。著書に『エンドロール』、『二十八日のヘウレーカ！ または教育実習生加賀谷貴志は如何にして心配するのを止めて教職を愛するようになったか』、『BORDER　警視庁捜査一課殺人犯捜査第４係』（原案：金城一紀）などがある。

暗殺日和はタロットで

第一刷発行　二〇一九年三月十八日

著者　古川春秋

発行者　渡瀬昌彦

発行所　株式会社講談社
東京都文京区音羽二-十二-二十一
郵便番号　一一二-八〇〇一
電話　出版　〇三-五三九五-三五〇六
販売　〇三-五三九五-五八一七
業務　〇三-五三九五-三六一五

本文データ制作　凸版印刷株式会社

印刷所　凸版印刷株式会社

製本所　大口製本印刷株式会社

定価はカバーに表示してあります。

ISBN978-4-06-514699-6
N.D.C.913 287p 19cm